JN127035

# 婚約破棄《はき》されまして（笑）3

登場人物紹介
アニス
エリーゼの専属侍女。なかなかのツワモノでエリーゼのことが大好き。
ノエル
ルークの従魔。甘えん坊の弟キャラ。
エリーゼ
乙女ゲームの悪役令嬢。前世は佐藤百合子《さとうゆりこ》という孤独なアラフォー女性。チートな魔法を使って料理に生産に好き勝手やり放題の毎日。
ルーク
隣国の皇太子。エリーゼと同じく転生者で前世の記憶を持っている。
タマ
エリーゼの従魔。しっかりものの性格。
トラジ
エリーゼの従魔。お料理が得意。

ハインリッヒ
エリーゼの父。
国の要所を治める
やり手の侯爵。
妻と娘を溺愛している。
フェリシア
エリーゼの母。
娘を優しく見守る。
根っからの甘党。
ジム
侯爵家の料理長で
エリーゼの新しい料理に
興味津々。
トール
エリーゼの次兄。
少しチャラい性格で、
妹をこよなく愛する。
キャスバル
エリーゼの長兄。
顔も性格も良く、
完璧なお兄様。

# 目次


旅路は続く 7
突如現れた温泉郷 89
期限付きの贈り物 156
道を違えて 212
丸鳥渓谷 243

# 旅路は続く

馬車は王都から領地へ向けてゴトゴト進んでいます。

第三王子ジークフリート殿下の婚約者だった私、エリーゼ・フォン・シュバルツバルト……その期間としては十三年間。五歳で婚約者となり、領地でお母様に様々なことを教えてもらった。十歳で領地を出て王都にある邸《やしき》に住みつつ、八年間王子妃教育を王宮で受けた。

ムダな時間だったとは思っていない。知識教養も宮廷マナーもすべて身になったし、多くの貴族と会い、人脈を広げたのも結局は私の得になった。

頼りない、子供みたいな第三王子。嫌なことはすべて逃げてきた、どうしようもない王子。

それでも婚約者であれば逃げるわけにもいかない……彼を一生支えようと十歳のとき誓った。

王子にはたった一度会っただけで告白され、婚約者となった。その後も数回会った王子様に恋をしたわけではなかった。それでも王子妃として、王国民のためにできるだけのことをしようと思った。

でも王宮での王子に軽い失望感を覚え、自分ひとりではできることに限りがあることに気づいた。

そこで領地も近く、友人であった貴族令嬢ふたり、アンネローゼとミネルバに助けを求めた。

数回の手紙のやり取りで友人たちは第三王子の婚約者となった。

多くの王族男子は正妃ひとりと側妃ふたりを娶《めと》る。何かあったときのため、そして複数いれば誰かが必ず子供を生むからだと、今ならわかる。

妊娠出産は現代日本と母親の死亡率がほぼ変わらない。この世界に魔法があっても、ポーションなる万能薬があっても、亡くなる母親はそれなりにいる。

正妃の私と側妃の友人ふたり。いずれ臣籍降下したとしても三人ならば王子を支えていける。

そう思っていた……学園を卒業し、それを祝うパーティーで王子が私に婚約破棄を言い出すまでは。

最悪だと頭の片隅で思う間もなく、ショックのあまり私は前世を思い出した。

前世の気楽なおひとり様生活はあっけなく終わった。

三十八歳で私は日本での人生を終え、この世界へと転生していたのだ。

私と王子の婚姻は学園卒業の一ヶ月後に決まっていた。けれど卒業直後に婚約破棄され、乙女ゲームのように、実際にはよく知らない男爵令嬢（ヒロイン）が王子の隣にいた。

王子とデキていた男爵令嬢はわけのわからないことをほざいていたけど、もうそんなことはどうでもよいと、私はさっさと退場した。ただ現場にいたお父様は激オコで、その場で領地に帰る宣言をした。

あれよあれよという間にいろんなことが決まって、家族全員領地に戻ることになった。ただし王子の婚姻祝いのパーティーに出席してからになったけど。

それでも一ヶ月間、王都で多くのことができたし、いろいろあった。一番大きな出来事は食に関すること。いわゆる飯テロだ。これまで塩味と素材の味だけだった食事が、一気に豊かになった！
蜂蜜だけだった甘味はテンサイから作った砂糖で食後のデザートが進化……このデザートという
か甘味がお母様を変えてしまった……お母様がものすごいスイーツ女子へと進化（笑）してしまっ
たのだ。それもアンコ星人になった。

婚姻祝いの場に来ていた帝国皇子のルーク殿下もまた転生者であることがわかり、意気投合。お祝いから帰ったら食べる予定の食事に惹かれ、我が家に来てよく知らないうちに私の次の婚約者になり、私たち家族と一緒に領地に来ることになった。

第三王子と違って賢いし、軍馬より大きいシルヴァニア産の馬を乗り回すイケメン。しかも頭もよくって体も鍛えてて、どこをどう見てもモテてそう。リア充感バリバリな皇子様で文句のつけようがない！

そんなイケメン皇子のルークは実は乙女ゲームの隠しキャラで攻略対象。本来なら、ヒロインに攻略されちゃう存在だけど、この世界はあくまで酷似した世界だ。

監禁生活のヒロインが出会えるわけもなく、皇子様は私のところに来た。

もっとも、緑の目を涙ではらし、鼻水で顔をグシャグシャにした皇子様はイケメンのイメージを吹っ飛ばしたけどね。

婚約祝いの翌日、私たちは王都から旅立った。

出発したのは、私たち一家に王都の邸《やしき》に勤めていた使用人たち。総数は、王都の邸《やしき》を無人にするわけにもいかないこともあって使用人の三分の二くらい、私たちのことを聞いた、邸《やしき》と取引きをしていた商人の家族や友人知人とその家族、婚姻のために来ていた寄子貴族（貴族家、使用人に護衛の人たち）に近隣の親しい貴族家（やっぱり使用人と護衛の人たち）。もう、この時点でかなりの人数なのだけど、領地からお兄様たちと一緒に私兵、大型と呼ばれる強く大きな魔物を討伐するエリート私兵『領主隊』が三部隊来ていた。

彼らは一部隊百人以上の人数で構成され、その中に一番隊、二番隊……と、十の小隊がある。一番隊から三番隊までは精鋭中の精鋭で、隊長は一番隊がお父様、二番隊がキャスバルお兄様、三番隊がトールお兄様。今回はお父様と二番隊から四番隊まで来ている。

この旅路は多くの貴族や一般人がいるため、無理はできない。安全に旅を進めるために、かなりゆっくり進んでいる。

時間がかかるのはいい。

それよりも王都の討伐隊が、私たちの真後ろについてきていることがなんとも引っかかる。

普段は考えないようにしているけどね……はぁ……ツラツラ考えていたら疲れてきちゃった……眠……い……


はっ!?　メッチャ寝てた！

……あれ？　馬車は進んだかと思えば、すぐに止まってしまう……うーん？　なんだろう？

窓の外を見ると、騎乗しているルークがいた！　……けど、何かおかしい……

「アニス……起きて……」

アニスは私の囁《ささや》きでパチッと目を開け、パチパチと瞬きをする。

アニスは私の幼い頃からついている専属侍女でスッゴイ可愛いんですよ！

「エリーゼ様……どうかなさいましたか？」

いまだ凭《もた》れたままアニスが聞いてくる。

「外の様子がおかしいの、ルークの表情が硬い。何かあったのかも」

「……ルーク殿下に聞いてみますか？」

アニスも緊張した面持ちで確認をしてくる。

「呼んでちょうだい」

アニスはコクリと頷くと、馬車の窓に近寄った。鍵を解錠し、窓を開ける。その音に気がついたのか、ルークが馬を回して近付いてきた。

「エリーゼ……済まない。すぐそこに小さな町があるんだが、町の者たちが通り抜けは困る、泊まってくれと煩《うるさ》い。後続に王家派遣の討伐隊がいるから、彼らを泊めてくれと言っても納得しない。あぁ……ちょっと待ってくれ、伝令が来た。聞いてくる」

そう言ってルークは伝令の近くへと馬を回してしまった。何人もの騎士や隊員が伝令に近寄り、細々とした話を聞いているようだ。

……何か、怒ってる？

話を聞いたルークがこちらに近寄ってくるんだけど、顔がちょっとだけ怖くなっている。

「エリーゼ、シュバルツバルト侯は町を大きく迂回して野営すると決めた。すでに先頭は街道を外れ、動いている」

「えっ！　ちょっと待って。大きく迂回するって、街道は町を通ってるのに？　それじゃあ先頭は道を作って進んでるってこと？」

疑問をそのままルークにぶつける。

「あぁ、侯が『埒《らち》があかない！』とキレたらしい……そろそろ動くはずだ」

お父様ったら！　ヤンチャなんだから！　でも、道を作ってって………

荒れ地を進むとなれば、馬の負担が大きくなる……迂回路作るくらい、私ならどぉってことない。

「ルーク、私を先頭に連れていって。草刈りは隊員に任せるけど、道っぽくするのは私がやりたい。無理はしないわ、お願い」

ルークはチラと前方を見ると、ひとつ頷き「クワイを、扉の方にまわす」と言って黒くて大きい馬、クワイを回してくれる。

私はアニスに「道作ってくる」と小さく呟くと、アニスも小声で「行ってらっしゃいませ」と言って窓を閉め、馬車の扉の鍵を開ける。

立ち上がり窓の外を見ると、扉の近くまでクワイが来ていた。

扉を開けると、目の前にクワイがつけられ、ルークが手を差し伸べてくる。

待て待て！　ルークの従魔のノエルがおるやないか！

「ルーク！　ノエルを馬車に移すわ。こちらにちょうだい」

私がそう叫ぶとルークがかけていたスリングの中からノエルはピョコッと頭を出す。

「いやにゃ！　主に、ついてくにゃ！」

ノエルがルークにギュッとしがみついて、叫ぶ。

「そうにゃ！　ボクもついてくにゃ！」

「主についてくにゃ！」

タマとトラジも叫びました……そういや、立ち歩きネコって土属性の精霊だった……なら、力になるかも……

ちょっと前にテイムした、魔物だと思っていた立ち歩きネコ。ただの二足歩行のネコだと思ったら違ったのよね。ちなみに私がタマ（白）とトラジ（トラ縞柄）、ハチワレで長毛のノエルをルークがテイムしたのよ！

「付いてくるなら、走ってくるかどうにかして。ノエル、聞こえたなら今決めてちょうだい」

「はしるにゃ！」

ノエルはそう言うと、シュタッと華麗に地面に飛び降り、ルークを見上げている。

私はルークの手を掴み、クワイの背に飛び乗る。

鞍はどう見てもふたり乗り用に付け変えられていた。

馬車を見ると、タマとトラジが馬車から飛び降りて、私たちを見ている。

「アニス！　留守番を頼んだわよ！」

そしてルークは隊列の先頭へとクワイに蹴りを入れて走り出した。

振り返って見れば三匹は四本足で駆け出したが、途中で土の中に消えた……潜行だっけ？　あんな感じなのかな？

シルヴァニア産の馬は巨体だが、駿馬《しゅんめ》でスタミナもあるため、軍馬より長く走れる。クワイの力強い走りでグングン進み、動き出しているお父様の乗っている馬車まで来た。

お父様は、青銀色の髪に青い瞳の美丈夫《びじょうふ》、というかイケオジで声も渋カッコイイ男性です！

お母様とはラブラブですよ！

そんなお父様の馬車の窓を覗いてみると中は空っぽで、馬車に繋いでいた馬が一頭減って七頭になっていた。

「ルーク、多分お父様は先頭にいる。中は空だったわ」

「わかった、行こう」

再度クワイが走り出した後、ピョンッと三匹が土の中から出てきた。私たちの姿を見ると四本足で駆けてくる。

やがて領主隊二番隊の前に飛び出る。目の前には数名の隊員たちとお父様が騎馬していた。


「お父様！　私にも手伝わせてください！」

騎乗したまま、お父様は振り返ってニヤッと笑った。お父様、笑顔が黒いですわ！

「エリーゼ、いいところに来た。道を作れるか？」

「もちろんですわ。そのために来ました」

ルークはクワイをお父様の隣に付けてくれました。

前方で草やら藪《やぶ》を魔法でガンガン切ったりなんだりしている隊員たちを見て、指先に魔力を集め、道を作る……と言ってもただ土をギュッと固めるだけですけどね！　重い馬車が沈まないようにするだけだし！　……でも……

「地上に残った草の根っことか邪魔だなぁ……」

つい、ポロリと出てしまった……

「主！　キレイにするにゃ！」

「なんにもはえてないようにするにゃ！」

「まかせるにゃ！」

三匹が草の根をシュパシュパ取っていく……どうやら、地面の浅いところで根切りしてキレイにしているようです。私は土くれだけになった部分を固めていきます。

……ザッザッと進んでいたクワイの足音がカッカッになりました。なかなかのハイペースです。

でもなんでこんなことになったのかしら？

「お父様、どうして迂回することになったのですか？」

お父様の厳しい表情をチラチラ見ながら聞いてみた。

「町の連中は泊まって金を落としてもらいたかったんだろう。とにかく泊まれ泊まれと煩《うるさ》くてな。宿屋の数や収容人数を聞いたら全然足りない。寄子貴族の者たちまでは泊まれる……が、使用人や領主隊、元王都民などは無理だ。ならば、野宿させればいいと言い出す始末でな。つい頭に来て、迂回して野営してやれと思ってな」

それはちょっと頭に来るかも。ようは金払いのいい貴族だけ泊まれなんて……自分たちの都合だけで、通す通さないって言われるのは腹立たしい。

迂回した場所は幸い平野で見通しもいい。荒れ地っぽい草原で、ところどころに小木がぽつぽつ生えてるだけだ。

新たな道さえ作っておけば、街道利用者は使うんじゃなかろうか？　……てか、夕方に差し掛かってきたな……そうだ！

「お父様、この辺りで野営したらどうです？　道を作りながら進むより、野営の準備をする者と道を作る者とに分けて……」

「それはいい！　暗くなってからだと、野営の準備は負担が掛かるからな！」

「……ですね」

あっさり乗ってきましたね。さすがお父様です。

いくら町にお金を落としてもらいたくても、強要するのはどうかと思います！　腹立たしいのでよさげな休憩所を造ったらどうだろう？

ちょっとくらい、魔力を使っても気にしない！　町が大事なのはわかるけど、融通するとかいろいろあるでしょ！　他に選択肢なしだと困る人、絶対いるでしょ！　冗談じゃない！　誰も彼もがお金を持ってるわけじゃないんだから！

「私、道を作っていきますから、野営の準備はお父様にお任せいたします」

私たちはこのまま迂回路作りです。

だって腹立たしいんですもの！　お金にならなそうな者たちは町の外で一晩過ごせって何なのよ！　そんなことして魔物に襲われたら、死んじゃうじゃないの！　大切なうちの領民を減らすとか、できるわけないじゃない！　うちは他所《よそ》の領と違って、いつでも人手不足なのよっ！

怒りに任せて日が暮れるまで、隊員とニャンコたちで街道に繋がるところまで道を作ってやりましたわ！　まさかこんなに短時間でできると思いませんでした。魔法って便利！

「できちゃったわね。道を照らすので、野営地に戻りましょう。……ライト」

バレーボールくらいの大きさの球体がフヨフヨと私の頭の上に現れ、優しい黄色の光を出す。

「ステータス！」

そりゃ小っさい声で言いましたよ、あら？　やだわ……結構頑張ってたけど、魔力は大して減ってないわ。

「エリーゼ、お疲れさま。魔力どう？」

背中越しにルークが心配そうに聞いてきました。優しい！

「全然、大丈夫。ってか、思ったより魔力が減っていなくて驚いて……あっ！」

キュッと抱きしめられ、心配そうな顔が私の顔を覗き込んでくる。

「どうした？　何かあったのか？」

ちょっとドキドキしてしまう。

「……レベル上げたじゃない。減った魔力が戻るのが早くなって、ビックリしたのよ」

一とか二ずつ戻るんじゃなくて、十ずつ戻るとか早くない？　早いよね！　レベルが上がると元に戻る数値も変わるとか、レベル上げしちゃうよね！　便利過ぎる！　機会があればレベル上げに励もうっと！

「なるほど……ま、これからレベルを上げられるだろうから、楽しみだな」

ルークが今度は少し浮かれた笑顔で言ってくる。

「そうね、そのときはよろしくね」

ポクポクとクワイをゆっくり歩かせて戻る。

野営地の灯りが見えてきました。昨日寄った村よりちょっと大きいだけの町のようです……石を使った防護壁があるだけ立派ですけどね！

「もう少しで野営地よ、気を抜かずに行きましょう！」

おぉー！　って声と一緒ににゃあー！　って鳴き声も聞こえました。

「フフッ。なんだか、仲良しになったみたい」

「俺たちが？」

ルークのボケた答えを聞いて、内心ガッカリする。何言ってるのよ……

「違うわよ。ニャンコたちと隊員よ」

「あぁ……さっき、声が揃っていたな。ん……風が冷たくなってきてる、大丈夫か？」

そう言われてみると頬に当たる風は冷たいかも？　でも首から下はポッカポカなのよね。

「大丈夫よ。この武装ね、氷の上を滑る大きな兎の魔物の皮からできてるから、寒さをあんまり感じないのよ」

へぇ……と感嘆する声が聞こえたと思ったら、後ろから再びギュッとされました！

「確かにあったかい」

ウエストに巻きつくルークの腕に手を添えてみる……

「エリーゼ、そんな可愛いことするなよ」

耳元で囁《ささや》かれました。イケメンめっ！　ドキドキするわ！

リアル乙女ゲーとか、トキメキすぎて困るわ！　ちっくしょー！

「ボクもギュッってしてほしいにゃ……！」

んっ？　今、ニャンコたちの誰かが抱っこ要求した！

んー？　わかんないな！　こういうときはだね……

「いいよー、おいでー！」

と言ってルークの腕に添えてた手を離して大きく広げる。さぁ！　誰が来る？

ピョンッと飛び乗ってきたのはノエルでした。

「うれしいにゃ！」

ルークのお供だけど、抱き締めてもいいよね？　軽くキュッと抱き締める。

「いいニオイがするにゃ！　やさしいにゃ！」

フフッ、可愛い～。ノエルは何かあどけないのよね。

三角耳の後ろをコリコリと掻くと、気持ちよさそうに目を細め、クルクルと喉を鳴らす。

「ズルイにゃ！」

「そうにゃ！」

タマとトラジが抗議してきました。二匹とも不機嫌そうに尻尾をブンブン振ってます。

「そうね、抱っこは無理だけど、ルークの背中にくっつくのはいいと思うわよ」

「やったにゃ！」

「のるにゃ！」

そう言うとピョンッと二匹同時に飛び上がりました。

「おっ……と、ハハッ……二匹とも軽いな、しっかり掴まっとけよ」

クワイも嫌がることなく進んでます。

あれ？　昨日の野営地より広く場所を取ったのかな？　なかなか到着しないわ……

「かなり広げて野営地をつくったな……」

どうやらルークも同じ意見のようです。

じゃあ、私は晩ご飯の準備に行こう！　魔力はほとんど元に戻ったけど、お腹は空くのよ！

「ルーク、私も中央広場に行って晩ご飯の準備に入りたいの。だからクワイから降りて行くわ。ありがとうね、クワイ」

「わかった、俺もクワイを繋げに行かなきゃならないしな。晩ご飯、期待している」

私はノエルを抱っこしたままクワイから降り、ノエルをルークに手渡す。タマとトラジもピョンと飛び降りて私の足元に来る。

「じゃあ、また後で……って言いたいけど、晩ご飯に昨日狩った牙猪《きばいのしし》の肉を使うから、なるべく早く来てね」

「了解、クワイを繋いだらすぐ行くよ」

タマとトラジの軽い足音を聞きながら、私は大急ぎで中央の広場を目指して早歩きした。

…………うん、広くとったなー…………

「おぉ！　エリーゼ、来たか。道はできたか？」

うん、お父様、ウキウキで聞いてきましたね。

「もちろん、できましたわ。コンロを作る前に、試したいことがありますの。よろしいかしら⁉」

よろしいわよね、お父様……？

「おっ……おぉ……任せる」

あら嫌ですわ、お父様ったらなんでそんな怯えた顔で頷かれるのかしら？

まぁ、いいわ……調理場を屋根付きにしたいのよね。幸い簡易の魔物除けエリア内には人がいないから、やりやすいわ。

お昼の時のことで皆、魔物除けの外側で待っていればいいと学習したようね……

サクッと四阿風《あずまや》に造ったるわぁ！

「セイッ！　…………セイッセイ！　…………クックックッ…………ヨォシ…………これで四阿風《あずまや》にできたぞーい、後はコンロを二台…………セェイッ‼　完成じゃあぁぁい！」

はい、立派な四阿《あずまや》&コンロができましたぁ！　我ながらいい出来！

コンロが二台あれば、片方で汁物とか作れるしね！　屋根付きだから雨が降っても大丈夫！

おぉ～とかすごい！　とか聞こえる……もっと言って！　もっと褒めて！

「すごいにゃ！」

「さすがにゃ！」

うん、タマとトラジがキラキラした目で私を見上げながら褒めてくれました。

私の完成という言葉を聞いた料理長&料理人&使用人が中央広場にテーブルを組み立ててます。それも大きいのを三台……大鍋もゴンゴン置かれ、食器類もジャンジャン置かれています。料理長も料理人も王都の邸《やしき》から一緒に来た心強い私の仲間です。

特に料理長にはいろいろとお世話になってます。大きな体にハスッぱな言葉使いですが、気にしません。

……もう、何かいろいろ面倒くさい……見られたって構うものか、『無限収納』からジャンジャン出そう。文句ある奴は、ぶん殴ってでも黙らす。私もテーブルの近くに行き、ワインをジャンジャン出す。

「料理長、米を出すので料理人に研《と》ぎ方を教えてあげてちょうだい」

返事も待たずに米を十キロ、大鍋に出す。それも都合三回、計三十キロ分。

「洗うのだけは、この大鍋でやってくれる？　誰か水魔法を使える人と一緒に行ってもらって」

「はいっ！」

料理長は返事とともに、米の入った大鍋と料理人を引き連れて消えました。何か叫んでいたので、隊員たちに募集をかけていったのでしょう。

気持ち大きい鍋をコトンと出して、赤味噌と砂糖と少しの椿油を出します。

「トラジ、ちょっとおいで」

お玉を鍋の中に出してから、近寄ってきたトラジを抱き上げる。

「はい、トラジ。掻き回して」

「わかったにゃ！　まかせるにゃ！」

ニャオーンと歌いながら、掻き回していきます……抱き上げてるので下半身がブリンブリン揺れています。目の前を尻尾があっちにフリフリ、こっちにフリフリ。

そろそろかな？　と思った瞬間、尻尾がピーンと真っ直ぐになりました！

「できたにゃ！」

タイミングはバッチリ、以心伝心、甘い味噌ダレ完成です！

トラジをヒョイと降ろして、テーブルにキャベツを出します……山盛りに出します……これでルークに牙猪の肉を出してもらって、薄切りにして炒めればホイコーロー的なやつができるはず！

スープも鶏ガラにタマネギと溶き卵で中華風なら違和感ないでしょう！

デザートは何か疲れたし甘い物にしよう……今からなら、小豆《あずき》を炊いてもいいかな？　いいよね……

コンロに近付き薪をぶっ込んでいく。無詠唱でサクサク進める。

大鍋を出して小豆《あずき》をぶっ込み、たっぷりと水を張る……コンロの薪に火を点けて炊いていく。

脇に小鍋よりちょっとだけ大きい鍋を置いて水を半分だけ張る。アク取り用の鍋だ。お玉も入れておく。

タイミングよく料理長たちが帰ってきたから、米を炊くための中くらいの鍋を出して移し替えてもらう。水を張った鍋を、小豆《あずき》を炊いているコンロの横に置いてもらい、火力のことも説明しコンロに付いてもらった。小豆《あずき》も炊き上がりそうなのでついでに頼んでおく。

「待たせた！　いろいろ手間取った、悪い！」

ルークが来た！

「いいから、肉出して！　料理長、薄切りよろしく！」

パパっと説明すると、料理長はニヤッと笑って指示を出しながら切り刻んでいく。

私はちょっと離れてタマネギと卵を出した。

調理法を料理長に説明すると「おうっ！」と返事をしてくれた。後は全部任せておこう……

「エリーゼ様、お疲れ様です。どうします？　馬車で少し休みますか？」

私の様子を見てアニスが声をかけてきた。

馬車でか……それは、後でいいや……ご飯が気になるし。

「んー……ここらで見ながら休むわ。気になるし、お腹空いてるしね……」

「本当にお疲れなんですね……そんなに魔法をお使いになられたのですか？」

アニスの気遣いが嬉しい。

「違うのよ、何て言うのかしら……町の言いように、怒ってしまって……そのことで、気の向くままに振る舞ったことを恥じているの。何か、そんな自分に疲れてしまったのよ」

言葉にすると、よくわかる……でも、街道を通しているなら融通をきかせてくれてもいいのでは？　町民の暮らしもあるだろうけど、あんな風に止められるのは理不尽だわ……そんなふうに思っていると、プゥンと肉が炒められる匂いがしてきた。ほどなく味噌ダレの焼けるいい匂いが広がる。

「ホイコーローだぁ！」

うん、ルークが叫びましたね。

でもね、ルーク……そろそろ気がつこうか、ご飯が炊けてくる匂いに。

私はコンロに近寄り、鑑定しながら米を炊いている鍋を見つめる。

視界にチラチラ入るお父様とお兄様たち……待ち構えていますね！　わかりますよ！

料理長の作るホイコーローもジャンジャンできあがっています！　料理人の作ったスープもできてきました！　じりじりと焦る気持ちを抑えて待ちます。

少し焦げた匂い！　よしっ！　できたぁっ！

「米が炊けたわ！　テーブルに持っていって。器に盛って上に味噌ダレで味付けしたホイコーローを載せてちょうだい!!」

私の指示を聞いて料理人が動き出します。そして慌ただしく動くお父様！　……とお兄様たち……

一番最初に受け取ったお父様は、それはそれは、とても嬉しそうでした。

「うーまーいーぞー!!」

お父様の雄叫びが聞こえました。わかりやすくていいですね！

料理人に小豆《あずき》の具合を聞くと、そろそろ砂糖が欲しいと言うので鍋にぶっ込んでおきました。

チリッと感じた視線を辿ると、お母様でした。ぶれないお母様、大好きです。

さて、私もホイコーロー丼貰いに行こうかな……

「エリーゼッ！　これっ、これはエリーゼの分っ!!」

ルークが私の分を持ってきてくれました……米のご飯にマジ泣きしながら……イケメン台なし。

「食べたら!?」

「ん……んまっ……米っ……美味《うま》いなぁ……エリーゼ、ありがとう……ずっと食べたかったんだ……ありがとう……美味《うま》い……うっ……こんなに美味しかったんだ……！」

私も一口、ご飯を口に運ぶ……ほんのり甘いお米の味……そこに絡んでくる味噌ダレと肉の脂とキャベツの甘さ……ガッツリ食べたい！

私もルークも無言で食べた……それはもう、かき込むがごとく食べた。それは、もうガッツリ食べましたとも。少しだけ余裕を残して……隣で今もがっつくルークは幸せそうです。

「スゴくおいしいにゃ！」

「いっぱいたべちゃうにゃ！」

「おいしくてしあわせにゃ！」

うん、三匹とも美味しそうに食べてる。だが私には、もうひとつ偉大なる使命がある！

クツクツと煮える小豆《あずき》の香りがお母様と侍女トリオを誘っている！

そろそろ五十歳になるはずのお母様は、少し小柄ですがボンキュッボンのナイスバディ。でも見た目を裏切る迫力も持っていますの！　そしてアンコ星の女王様です。侍女トリオはお母様の専属侍女三人。お母様と同い年で同郷でアニスの母であるエミリ（お父様の側近のアレクと婚姻してるのよ！）。そのエミリより若いシンシアとさらに若いソニア。このふたりもお兄様たちの側近と婚姻してるんです。三人とも、お母様至上主義です。

すでにホイコーロー丼を平らげたらしく、小豆《あずき》の鍋の近くに陣取って凝視しているっ！　おかげで料理人の顔が必死だよ！　やめてあげてよ、お母様！

……今、何かが降りてきました。小豆《あずき》だけの汁粉とかちょっと寂しいと思うんですよ。

コンロとまな板は空いている……うん、これはやれってことですね！

私はテーブルに行き、サツマイモをコロコロッと出して輪切りをお願いする。料理人は快く輪切りにすると、ボウルに入れて持ってきてくれた。察したようです。そのまま、コンロに行き、パパパパッと並べて焼きの作業に入ってくれました……お母様の瞳がキラキラしてる……好物が二種類目の前にありますもんね。わかりますよ……お母様はスイーツ女子ですからね。

小豆《あずき》のトロッとした感じ……大分、いい感じになってきてるなぁ……スチャッと小さじを取り出し、料理人に近寄ります。

「一度味見をします、お玉でかき混ぜた後、少し掬《すく》ってください」

クルクルッとかき混ぜた後、少し掬《すく》ってもらったお玉に小さじを突っ込み、ほんのちょっとだけ掬《すく》って冷ましてから味見をする。

……ズルイ～！　とか聞こえましたが無視です。うーん……甘さは足りてるけど……塩を少し入れるか……手のひらに塩を出しパラパラと少量入れる。

……やめて～！　とか聞こえましたが、無視です。このわずかな塩味が大事です。ぷぅん……とサツマイモの焼け出した匂いがしてきました、料理人がサツマイモを次々とひっくり返してます。

パッと顔を上げると、お母様の視線が小豆《あずき》の鍋と焼けてきたサツマイモを交互に行ったり来たりしてます。迷ってる！　お母様が迷ってます！

「どっちかなんて選べないわ！」

とうとう言っちゃいました。いえ、選ばなくてもいいんですけどね！

サツマイモの焼けるいい匂いに、料理長がすっ飛んできました。ホイコーローはどうした？（笑）

「お嬢！　これはどっちか選んでもらうんですかい⁉」

思わず笑みが溢れます。だってお母様が真剣なお顔で私たちを見てるんですもの！

「違います。この焼けたサツマイモを先に器に入れた後、小豆《あずき》……お汁粉をかけていただきます。きっと美味しいですわよ」

お母様が滅茶苦茶嬉しそうです！　侍女トリオもキャアキャア言って喜んでます。

サツマイモも焼けてきたかな？　でも、足りないね！

「サツマイモが足りないだろうから、また切ってきてくれる？」

そう言って空になったボウルにサツマイモをコロコロと出すと、料理人はボウルを抱えて走っていきました。

料理長が火の番を替わり、サツマイモをひっくり返して見てウンウンと頷いてます。

「お嬢、そろそろよさそうですぜ」

向こうから空のカップが山盛りに入ったザルを抱えた料理人がやってきました。さすがです！

料理長は近寄りひとつ手にして戻ってきました。

焼けてホクホクしたサツマイモをヒョイとひとつカップに入れ、お汁粉をかけます……ヤバイ！

視界の暴力！　口の中に唾が溜まっちゃう！

「お嬢！　どうぞ！」

そう言って、差し出されたカップを受け取ると甘い湯気がっ……堪《たま》りませんっ！

フゥフゥと息を吹きかけ冷ます……突き刺さる視線！　見なくてもわかります！　お母様ですね！　……ん？　別方向からも……？　特に強く感じる視線を辿ると……ニャンコたちでしたぁ！

横目で確認すると、開いたお口からポタポタとヨダレを垂らしながら私を見てます！

食べづらい！　でも、食べる！

「ハムッ！　……ん〜〜〜！　甘ーーいっ！　美味しーーいっ!!」

ホクホクのサツマイモに掛かるトロッとしたお汁粉の甘さ！　ほんのりと感じる塩味！　いい！

パーフェクトです！

「ズルイわよっ！　お母様も食べたいわっ！」

お母様が吠えました（笑）

「料理長、お母様からあげてちょうだい！」

「はいっ!!」

お母様用にサツマイモ（大きめ）とお汁粉（なみなみ）のカップが手渡され、お母様はホクホク顔で離れていきました。匙《さじ》もさしてあるので大丈夫でしょう。

「ごめん！　料理長、ニャンコたちにもちょうだい！」

忘れたりしたら、三匹揃って大泣きしちゃうかも！

料理長はニコニコ顔で芋汁粉をよそって、三匹に順々に手渡してくれました。

「ありがとにゃ！」

「ありがとにゃ！」

「ありがとにゃ！　いいひとにゃ！」

三匹は尻尾をピーンとさせ、嬉しそうに、大事そうに、カップを両前足で持ってルークのところに行きます……タマとトラジが振り返って私を見てます。一緒に食べようってことですね。

ルークの分を貰っていきますか！

「ごめん！　料理長、ルークの分もよろしく！」

「ハハッ！　若の分ですね！」

そう笑いながらすぐに手渡してくれる。カップに匙《さじ》も入ってました。

私は両手に芋汁粉を持ってルークの元に行く。

ニャンコたちが近くに来るのを見て、慌ててホイコーロー丼をかき込み、私を見たルークの姿に笑いが込み上げる。

そんなに慌てなくってもいいのに。まだ残っていたのか、再度かき込んで……走っていきました……食べ終えたから器を返しに行ったようです。

「おいしいにゃ！」

「あまくてアツアツにゃ！」

「……主とたべるにゃ……たべたいにゃ……」

タマとトラジは私がいるから食べ出したけど、ノエルはルークが来てから食べ出すようです。可愛いですね！　走って戻ってきたルークに芋汁粉を手渡します。

「ノエルが待ってたのよ」

「悪かったな、ノエル。さ、食べよう！」

私は芋汁粉をまた食べ始める。続いてルークもノエルも芋汁粉を食べ始めた。

「エリーゼ、美味しいよ」

「おいしいにゃ！　みんなとたべるとしあわせにゃ！」

ノエルはいいこと言うわ……

「本当ね。皆で食べると美味しくって幸せね！」

ルークも私も笑顔、ニャンコたちも嬉しそう。

つまらないこともあったけど、終わりがよければいいのよ。

甘くてあったかい……ポカポカする体に、心もじんわり温まってくる。

体と心は繋がっている、片方が痛めば片方も痛んでくる。

この甘さで癒されるなら、安いもの。

芋汁粉を貰った人たちが幸せそうに笑ってる。甘い物を広めたい……甘い物を食べて幸せそうに笑う人たちを見ていきたい……

きっと私は、幸せそうに笑ってる人たちを見たいんだ……そう頭の片隅で思った。


なんだか早朝？　早々朝？　にニャンコたちが馬車から出たみたいだけど、トイレだろうし放っておいて寝直しました。明け方、ガタガタ音がしたから戻ってきたようで安心です。いえ、マップでチラッと確認して、広場の辺りにいたので安心してましたけどね。

特に代わり映えしない朝。クリーン&ドライの魔法でスッキリサッパリしたら、馬車から出てコンロ側のテーブルに行きます。行けば料理長がいると思うので、朝食用の食材をガンガン出して作ってもらうつもり。

今日は普通にパンとスープと後はベーコンとか言いたい。けれど、ベーコンを作っていないので無理です。思い出したらベーコンを食べたくなりました。

燻製器《くんせいき》とか、領地に帰ったら作ろう。

……やりたいこと、たくさんあるな！　サテュロス（雌）のテイムにニャンコたちの武器・防具・武装の発注。新しいスイーツや料理の普及に、野菜や果物の生産？　それよりも魚介類が食べたい。お米がゲットできたし、肉ばっかりだし！　お寿司もいいけど、酢とまだ出会えていない……いや、作ればいいんだけど……別にお酢じゃなくても、柑橘類《かんきつるい》あるしね……あー！　悩むぅ!!　食べたい物だらけ！

それに起き抜けはコーヒー飲みたい！　でもコーヒーないし！　紅茶が関の山だわよ！　しかもミルクティーもないし！　レモンティーはそのうち飲めるようになるけど！

お腹空くと、イライラしちゃう……イライラは美容の大敵だわ。

そんなことを考えながら歩いていく。

「料理長、おはよう。朝食はお任せするわ、何か必要な物はあるかしら？」

テーブルに向かう途中で、出会った料理長に話し掛けると、「パンと野菜を適当に、鶏ガラスープの素（私が素と言ったら、料理長はじめ料理人まで素と言いだしました）と肉も……後は卵も欲しい」と言われたので、テーブルに着いたらすぐさま出そう。

いつも通りの平和な朝ご飯タイムを堪能しました！

え？　今、何してるか？　ですって……ご不浄タイムだよ！　野営地の端っこにテントみたいなのが張られて、そこで用が足せるようになってるの！　野営地から離れるときは埋めてくの！　細かい説明はしたくない！　以上！

……馬車に戻って中で現在まったりしてます。いえ、まったりと言うよりボンヤリです。馬車の中って暇です。ガタゴトする馬車の中で、何もやることがありません。

「あ〜あ、私も馬に乗っていきたいですわ」

暇過ぎて愚痴ってしまいました。もはや対面席に座ることなく、私の隣が定位置になったアニスがキュッと腕にしがみついてます。ニャンコたちは私たちの背もたれの向こうでゴソゴソしてます。

「エリーゼ様、我慢してください。それに私がひとりでエリーゼ様の馬車でお留守番とか、寂しすぎます……やめてください」

うん、もっともなこと言われました。

ため息をひとつついてクッションに体を預け、スルリと離れたアニスの腕に一抹の寂しさを覚える。

「そうね……ひとりぼっちは寂しいわね」

アニスにそう答えて、目を伏せる。

眠い……なんでかしら…………あぁ……笛の音が聞こえる…………

「エリーゼ様、大丈夫ですか？」

ゆるゆると瞼《まぶた》を上げて、ゆっくりと視線を彷徨《さまよ》わせる。

「あぁ、寝てたのね……」

寝落ち？　でも何か……変な感じ……

「はい。少しお辛そうでしたが、タマちゃんが笛を吹いてから楽になったみたいで……やはり野営で、お疲れになったのでは……」

疲れ……か、何か違う気がする。体が休みを欲するのはおかしなことだわ。特に動かしていないし、座りっぱなしもよくないけど、体に負担がかからないよう配慮された進行ペースな気がする。

うーん……気のせいかもしれないけど、結界を張るか……聖魔法に何かあった気がする！　よし、やってみよう！

清らかな光で馬車内を満たして、穢《けが》れを祓《はら》う！　そういうイメージで！

「結界！」

ポワァァァン！　おっ！　優しい光が目の前に現れ、どんどん大きくなって馬車内を満たしたと思ったら消えました。でも、空気が綺麗になった気がします！

「あれ？　エリーゼ様……何か、馬車の中が清々《すがすが》しくなりました？」

アニスの発言がちょっぴり変です。いや、変じゃないのかしら？

「さっきまでは違ったのかしら？」

「さっきまでは、淀んでましたよね？」

淀んでいた？　いったいいつから、そんなことになってたんだろう？

「そうだったかしら？」

「はい……気のせいかな？　って思ってましたけど、今ならわかります。少し空気というか、よくない何かがあったと……」

うーん……なんだろう？　イヤァね。

「いつからかしら？」

「昨日から？　ですかね？」

昨日からねぇ……思い当たる節もないし、とにかく余り考えないようにしよう。考えるべきは、お昼ご飯のメニューでしょう！

どうしようか……まだ、牙猪の肉が残ってるし…………肉じゃが？　肉じゃがにするか！　ジャガイモもたくさんあるし、ニンジンもタマネギもある！　糸蒟蒻《こんにゃく》はないけど、なくてもいいじゃん！　砂糖と醤油だけでもいいじゃん！　シイタケもあるし、どうにかなるでしょ！　米もたくさんあるし！　俵であるから問題なし！　うん！　お昼はご飯と肉じゃが！

甘い物も欲しいけど……リンゴを切ってもらおうかな？　塩水に浸けたやつ……ちょっとだけ、齧《かじ》りたい。リンゴは時期的にたくさんあるのよね……使っても使っても減っていない感じあるもの……リンゴジャムとか作っておけば、朝ご飯に使えるかなー？　砂糖……足りるかな？

開拓したマイ・アイランド『八丈島』の確認をしてみよう。私はナビゲーションのナビさんを呼び出した。

（ナビさーん！　畑って今どうなってますかー？）

〈後少しで十面空きます。テンサイを植えますか？〉

（よろしく！　で、そこで砂糖って作れないわよね？）

〈一度ロッジに送れば、砂糖にできます〉

マジか！　そういや、お米も脱穀から精米までやってたな……

（じゃあ、テンサイを作って砂糖にしてから無限収納に入れてくれる？）

〈畏まりました〉

（よろしくー！）

うん、ナビさん便利！　気にするのは、ご飯とニャンコたちだけでいい！　細かいことは気にしない！

それにしても結界、いいじゃん！　結界……防音とかにすれば……いい！　馬車内、防音できるかな？　やってみよう、何事もトライよ！

「ん～ムムム…………（こう、壁を作る感じで）……ん～……せいっ！」

ポワァン！　変な効果音来ました～（笑）

「えっ？　なんですか、今の？」

「ん～？　よくわからないけど、防音にしてみた……でも中にいたままだとわからないわね！」

アニスが不思議そうに私を見る。

馬車が止まって確認するまでは、わからないってことでいいや！　防音ができたのなら、遮音もできるだろうし……使えるものはなんでも使え、ですわ！


さて、元気いっぱいにお昼は肉じゃがを作り、白米を炊きました。食後のデザートはリンゴ（生）！　……一部食いしん坊な人たちは足りなかったらしく牙猪を焼いて食べていました。

もはやルーチンワークのごとく、バーベキューコンロの製作は『四阿《あずまや》とセットで作ってくれ！』とリクエストがあります……今後、街道利用者に使い勝手がいいだろうからとのことです。

もちろん、簡易型の魔物除けも囲むように地面に打たれています（どうやら領主隊隊員に、簡易型魔物除けを製作できる人員がいて、ガンガン作ってるようです）。

外に出て確かめてみたところ、馬車の防音もできていました。遮音もトライしたら、可能でした。

我ながらひどいチートぶりですが、使えるものは親でも使え！　の精神なので使います！

そして案の定、お母様にバレて家族全員の馬車に遮音魔法を掛けさせられました。

家族全員だけでなく、側近やら侍女トリオにも喜ばれました。

その後、お父様の馬車で家族会議が開かれ、家族全員とルークで今後のことが決められました。

夜に再度、家族会議だそうです。

私は野営地に着き次第、四阿《あずまや》付きバーベキューコンロを製作。

料理長とメニューの相談、材料の提供のほかに料理の作り方や手伝いなど（これはトラジも含む）。

私が旅の最中にできることがはっきりしました！　できることをしっかりやります。


そして夜、再びお父様の馬車の中で、家族会議です。

後続の討伐隊のことやジークフリート殿下のこと、私のスキルと魔法のこと、それからテイムされたニャンコたちのこと……情報の公開と提供とそれに纏《まつ》わる注意事項や懸念事項を話し合いました。

その結果、私の武器が弱いので、お父様の予備武器から細い両手剣をいただきました……雷属性の白く輝く美しい剣です。

お母様からは、ペンダントを貰いましたが、なぜか十字架の形でした……聞けば、シルヴァニアにはお守りは何種類もあって、ペンダントだと十字架の形がシンプルでお洒落なので一番多いのだそうです……

そんなこんなで、特に変わったこともなく数日が過ぎていきました。

ただいま、朝（そろそろお昼ですけど）でございます。ダラけきってお昼寝しまくってます。

馬車の旅も慣れてきて、今は窓から見える景色を楽しんでます（一応）！

もう少しすると街に到着しますが、今回も通り抜けします。

この辺りは塩街道で、もっとも海側に近寄る場所。寒くなると海から吹く潮風が届くため、土の塩っ気が強くなって農作物を作るのに適さない地域となっています。学園で地理を学んで大変だと思いました。

街の手前までは多肉植物のようなものがポツポツと生えているだけで、後は西部劇のような丸っこい枯れ枝みたいな球状の植物が、風に乗ってコロコロとあちらこちらに転がっている。

……塩を含んだ土地だけど、分離させて塩だけ土から取り出せば植物が育つようになるんじゃないかな？　もしくは沿岸部に防風林を造ったりすれば……

まぁ、こんなことを年端《としは》もいかぬ小娘が物申せば、面白くないことこの上ないだろうから言わないけど……

そろそろ街か……マップ機能様様だわ……この街は街道利用者頼みの街だから、いろいろあるだろうけど、揉めたりはしない……よね？

さすがに迂回路を作るには距離があるし、面倒事の種にしかならないものね。

「大きな街ですね、以前こちらで泊まったことは覚えておりますか？」

そう言えば泊まったことがあるんだっけ？　……着いて、夕食を取って湯浴みして寝ただけのアレかな？　最初のときは幼かったたし、お母様の馬車に同乗していたし……その後は急ぎの旅で、外を見る余裕もあまりなかったような気がするからよく覚えていないわ。

「あまり覚えてないわ。特に何かあったようには思わないのだけど」

アニスはコロコロと笑い、街を護る石壁を見つめていた。

「そうですね。あぁ……でも、この街を通り抜けた先は一面ブシ花の草原ですよ！　楽しみですね！」

「ブシ花……って、どんな花なのかしら？」

なんだ、その猛々《たけだけ》しい名前の花……花よね？　武士花？　じゃないわよね。

「茶色の丸い花ですよ！　匂いはよくないので、見るだけですけど……一面丸いブシ花がサワサワしながら咲いてるのはなかなかですよ！」

丸い……か、花が終わったタンポポみたいな球状の花？　匂いがよくないから取って飾るとかもないってことかしら？　謎すぎる～！　でも、まぁ一面草原てのはいいわね！

「それは楽しみね！　あら、街に入ったわ」

今まで通り抜けてきた村や町と違って、大きな街となると規模が違う。行き交う人々や店、住まいも高さや広さがあるのが一目瞭然だ。こちらを見る住人たちの視線は複雑そのもの。私たちがこの街で一泊すれば後続の討伐隊は泊まれない。

後続の討伐隊には第三王子がいることを伝えたのだろう。入街するときに伝えれば、渋々でも私たちの通り抜けを黙るしかない。せめて討伐隊がそれなりにお金を落としてくれることを願うだけだけど……残念なのは殿下だけだから、大丈夫か！

「街といっても、この辺りで一番大きいってだけなんでしょうね」

アニスが少し残念そうに言う。

「そうね……確か、この辺りは特産品も少なくてね……潮風がこの辺りまで届かなければ、もう少し農作物も作れただろうけど……石壁の内側で細々と作ってるのが現状だとか」

この辺りは不毛な地域なため、領地は広いけど人の住める集落が少なくて経営が大変なのよね……何かひとつでも特産品があればいいのにね。

「フフッ、エリーゼ様は本当によく知ってますよね。心強いです」

「そう……かしら？　あぁ、もう街から出るわね」

お喋りしながらだったから、早く感じたわ。

「そうですね、今日のお昼ご飯が今から楽しみです！　何を作られますか？　最近はタマちゃんとノエルちゃんが、トラジちゃんのお手伝いをするようになって、皆可愛いって大人気なんですよ！」

そう……最近、三匹で料理の手伝いをしだしたのよね。三匹並んで野菜を洗ってたり、鍋をかき混ぜたりとか可愛いのよね……

「そうね、何を作るかは料理長と相談ね。そろそろ三匹にエプロンとか作ろうかしら？」

「いいですね！　エプロン！」

エプロンくらいなら半日で作れると思うしね。でも、夢はコック服とコック帽ね！　領地に帰ったらお針子さんにお願いしよう！　そうしよう！

タマとトラジの反応がないのは、背もたれの向こう側に置いてある、仮眠用の毛足の長い魔物の革（畳んである）に潜り込んで寝ているからです。

ネコってよく寝るものだけど、どうやらこのところ、朝方のトイレタイムの後、寝付けないのかちょっと起きているみたいよね……ネコって朝のトイレタイムの後は運動会を行うとか聞いたことあるし、注意はできないわね。


茶色いボールみたいな花が見えてきた、あれがブシ花か。武士ではないわね……葉っぱは地面にチョロッと生えてるだけで、長い茎に大きなソフトボールサイズの花がユラユラ揺れている。

確かになかなかのものだわ、ブシ花。

ユラユラ揺れるブシ花を見ながら、しばらく待つと馬車はいつものように円を描くような野営の配置に停められる。

「ついた！　じゃあ、コンロ作りに行ってくる！」

私はアニスにそう言って、馬車から飛び降り軽く走って中央に空けられた場所に向かった。

あーーーーれーーーー？　走りながらわずかに漂う香ばしい香りに戸惑う。

中央に辿り着いて、やはり『おや？』と首を傾げる。

「やはり匂う……」

なぜに香ばしい鰹節の匂いがするのだろう……

疑問に思いながらも四阿《あずまや》を作り、コンロを二台作る。

「むぅ……どうして……どこから？」

あまりにも気になってキョロキョロしながら呟いてしまった。

「どうしたにゃ？」

「むずかしいカオしてるにゃ！」

タマとトラジが近寄って不思議そうな顔で聞いてくる。

「どこから、香ばしい匂いがするから……わかるかしら？」

二匹はバッと四つん這いになると、フンフンと匂いを嗅ぎだしソロソロと這いずり回って……ト
ラジが何かを爪先に摘まんで走り寄ってきました！

「主！　コレにゃ！　コレが匂いのもとにゃ！」

差し出されたソレはチリッチリの鰹節にしか見えないものでした。

そっと指先で受け取り匂いを嗅ぐ……

鰹節です！　紛れもない鰹節です！　これは一体どこから……そんなときはアレです！

鑑定！

ブシ花の花片《はなびら》
少し焼けて香ばしくなっている
無害

は？　ナヌ！　ブシ花のは・な・び・らだと！　その小さな花片《はなびら》をそっと舌先に載せる……わかる！　わかるぞ！　これは……この味は鰹節!!　ブラボー!!

「お嬢……何やってんですかい……！」

おっ？　小躍りしてたら料理長が来たわ。

「料理長！　私、大事な用件ができましたわ！　ちょっと……ちょっと、離れるわ！」

「待ってくだせぇ！　昼の食事のことを忘れてもらっては困ります！」

くっ！　そうだった！　考えるな！　感じろ！

「ボアの肉を出します！　しょうが焼きにしてください！　必要な物はすべて出します！　お米も出しますから、炊いてください！　後……後、大鍋で野菜のスープを作ってください……ただし、真水でです。味付けは一切しないでください」

そう言ってセッティングされたテーブルの上に肉や野菜、米に醤油・ショウガ・はちみつを出す。

「タマ、トラジ……とノエル、しっかり料理長のお手伝いをするのよ」

三匹はコクコクと頷き合い、私を見る。

「わかったにゃ！」

「まかせるにゃ！」

「まかせたわよ！」

私は三匹の返事を聞き、全速力で野営地の外に出て威圧を放つ。

これで魔物がいたとしても、しばらくの間は寄ってはこない。

目の前に広がるブシ花を見つめ、すぐ近くにある一本を手折《たお》り匂いを嗅ぐ……

うん、ちょっと生臭い！　確かにこの匂いじゃあ、見るだけの花だわ！

……風魔法で花片《はなびら》を吹っ飛ばして、集めるのって……吸引とかできるのかな？　いや、ままよ！

為せばなる、だわよ！

「ブシ花の花片《はなびら》を吹き飛ばせ！」

風魔法を、ぶっ放す！

「飛ばされた花片《はなびら》を、吸引！」

ザァッと吹き飛ばされた花片《はなびら》が私の目前に集まる。うん、生臭い！　なので……

「ドライ！」

乾燥です！

よく知った鰹節の匂いだけど、花片《はなびら》に白っぽいやつや赤っぽいやつが交じってるなぁ……

「無限収納イン！」

……シュンッて入りました。確認！　確認！　…………あれ？　ブシ花の表記がおかしい。

ブシ花（白）
ブシ花（茶）
ブシ花（赤）

うん、三種類ある。これはガラの実と同じやつかな？　色で味が違うってことだな。

とりあえず（白）をひとつまみ分手のひらに出し、パクリと食べてみる……上品な味。

これはっ！　マグロ節かっ！

（ナビさんや、ブシ花（白）の表記のところにマグロ節と足してちょうだい）

〈畏まりました〉

表記が変わりました。

ブシ花（白）マグロ節

表記の後ろにキロ表示が出ますが、量も少ないです。

もっとも多い（茶）は鰹節だろうな……先ほどと同じように手のひらに出して食べてみる。

うん、鰹節です！　まごうことなき鰹節です！

〈鰹節と表記を足しておきます〉

（よろしく！）

察してくれるナビさん、素敵！

（赤）かぁ……多分鯖《さば》節かなぁ？　手のひらに出して食べてみる。けど、鯖節は扱ったことないからわからないや……見たことはあるし、そっくりだしね。

〈鯖節と追加表記しました〉

〔ありがとう〕

このブシ花を八丈島で栽培できないかなぁ……

それにキャスバルお兄様が欲しがってたイチゴ苗も取り出したりできればなぁ……

〈マスター、八丈島に直《じか》でなら送れます〉

なんだってぇーーーー！

じゃあ、あれか、無限収納から送ることはできないけど、八丈島なら産地直送ＯＫってことか……

〔よし！　ブシ花の白・茶・赤の苗を島送りにしよう！　白一面、赤一面、茶三面で常に栽培してほしい！〕

〈わかりました。ではブシ花の苗を採取してください〉

〔マップに表示できる？〕

〈できますが、今までの表示を一旦消すことになります。よろしいですか？〉

〔いい、やっちゃって！　どれくらい収穫が必要かも教えて！〕

〈畏まりました〉

よぉし、やったるでぇ！　表示キタァ！

まずは白からじゃあ！　掘って……いや、こんなときこそ土魔法！

ボコッボコッと土ごと浮かせて……島送りじゃあ！

……そんなこんなで、私の周りは穴ボコだらけです。でも、やり切りました！

〈十分あります。マップ表示を戻します〉

（うん、ありがとう）

マップ表示が戻り……あっ、少し後方に誰かいる！　振り返ると、お兄様たちがいました。

イヤだわぁ……お兄様たちったら、なんだか厳しいお顔で見てるわぁ（笑）

なので……お兄様たちの元にダッシュで戻ります！　だって何もツッコまれたくないですから！

「いつから見ていらっしゃったのかしら？　私、少し恥ずかしいですわ（嘘）」

伏し目がちに微笑む！　これぞ美少女の恥じらい！

「いきなり威圧を感じたから来てみれば、エリーゼだったから隊員を戻して見ていたんだが……なぜ、あんなに喜んでた？　あれほど喜ぶような物か？」

キャスバルお兄様……笑顔で言わないでください。

キャスバルお兄様は私の一番上のお兄様でイケメンの二十八歳。しかもイケボです。

「後、やたらと何か消してたけど……あれはなんだ？」

トールお兄様めぇ……後回しにしても仕方ない！

トールお兄様は二番目のお兄様で二十六歳。キャスバルお兄様とは違うタイプのイケメンでイケボです。

「ブシ花の苗を入手しておりました。キャスバルお兄様ご所望のイチゴ苗もお渡しできそうです。ブシ花は私が求めてやまない物のひとつでしたので、本当に嬉しいと思ってます！」

よし、お兄様たちが黙った！　チャンス！　畳みかけるぞ！

「早速ブシ花を使いたいと思ってますので、これで失礼いたしますわ」

返事はない！　だが、私は言ったので行く！　お兄様たち、後でね！

そんなわけで駆け足でコンロに戻ってきました！

「お嬢、早かったですね。味付けしてない鍋の中身は、食べられるくらいに火が通ってますぜ」

おっと！　味付け待ちになってたかぁ！

「わかったわ。味付けと仕上げは私がやるわ。木綿の袋ってあったわよね？　貸してちょうだい」

料理長はひとつ頷くと、料理人に指示して持ってこさせる。

私は受け取った袋の中にブシ花（茶）とブシ花（赤）を八：二の割合で袋の半分くらいまで入れ、鍋に投入した。ふんわりと香る出汁《だし》の匂い……

「なんにゃ！」

「イイニオイにゃ！」

「ワクワクするニオイにゃ！」

やはりニャンコは騒ぐな……離れた場所にいたはずなのに、私の足元に三匹揃っている。

というより、私の足を囲むように立って私を見て、いや、私の手元をガン見している。鍋ならわかるけどなんで私の手？　匂いが残ってる？

「主〜！　なんにゃ！　なんにゃ〜！」

「すごいにゃ！　なんにゃ〜！」

「たまらないにゃ！　おなかがすくにゃ〜！」

「鰹節……鰹節の匂いがする……」

ルークが……ルークまでがフラフラと寄ってきました。

「お嬢……それは、いったい……」

料理長も寄ってきました。もはやこの場はカオス！

鍋の中は淡い出汁《だし》の色になってます。

「料理長、菜箸《さいばし》をちょうだい」

手を出すとスチャッと菜箸《さいばし》が手に載せられます。ギュッと握り、鍋の中に浸された節入りの木綿袋を引き上げる。うん、ちょっと重いね！

ポタポタと出汁《だし》が袋から垂れる様を見る三匹が……私の足にヒシッと抱き付いてきます（笑）

チラッと視線を落とすと、もう……必死の形相で袋を見てます！　尻尾もビンビンに立ちっぱなし、興奮ＭＡＸです（笑）

「くっ……ルーク、出汁《だし》がそろそろ切れるから……そしたら何か器に中身をあけて三匹にあげてちょうだい」

足元からの視線がキビシイ！

「わかった。責任重大だな！」

ルークがクックッと笑っています。とにかく、この三匹を離さないと身動きがとれない……

ルークがどこかに走っていって、またすぐ走って戻ってきた（笑）

早いなー、ルークったら！

なるほど、テーブルに行ってきたのね！　木のボウルを両手に持って待ち構えています。

出汁《だし》が切れた瞬間にボウルに袋をサッと入れる、三匹の顔もサッとボウルに向く。

「じゃあ、向こうで分けてね！」

笑顔で送り出し、ルークが三匹にまとわりつかれながら離れていきます。

「料理長、あの袋の中身はブシ花の花片《はなびら》よ。花片《はなびら》を乾燥させた物から旨味が出ているはず……さて、ここから味噌を溶かそうと思うのよ」

料理長はコクリと頷くと、駆け足で馬車に向かっていき、底に小さな穴の空いたミルクパンを持って駆け戻ってきました。穴は私がちょっと前に空けましたけどね。便利です。

ハァハァと荒い息を整えることなく私にミルクパンを手渡すと、私の手元をガン見しています。

……ふむ、合わせでいこうか。量はこれくらいか……

黙々と味噌を溶き、お玉でかき混ぜる……色も香りも申し分ない。

わずかな量をお玉に取って、小匙《こさじ》でさらに少ない量を掬《すく》い口に運ぶ。

「……くっ……この味……」

懐かしさのあまり、涙が溢れる。グイと荒っぽく涙を拭い、料理長にニカッと笑いかける。

「美味しい……この美味しさを皆に知ってもらいたかった」

料理長はお玉を私の手からソッと取り、自分も味見をする。

ツ……と料理長の両目から涙が流れる。意外です……

「なんて優しく染みる味なんですかい……お嬢……ありがとうございます。さぁ、お嬢と若の分を先に入れますよ！」

料理長は私とルークの分を器にたっぷり入れてくれました。

「後はあの三匹の分だな。何、そこらの隊員に言えば、気持ちよく持っていってくれるから安心してくだせぇ。さぁ、お嬢……行ってくだせぇ……」

料理長が少し照れたように笑って言ってくれる。

「ありがとう、よろしくね」

私はこの世界に来て初めてのお味噌汁を持ってルークの元へ歩きだした。

けど、ルークの近くに……行けませんでした！

何てこと……三匹がルークの足元に群がって離れません（笑）

分けるどころじゃないようです……

「ちょっ……待てっ！　……いっ……てぇ！　こらっ！　噛むなっ！　……待て待てっ！　……ノエル！　それは俺の指ぃ！」

ドエライことになってます！　笑っちゃいけないと思っても、笑いがこみ上げる。

「いいニオイにゃ！」

「たまらないにゃ～！」

「アムッ！」

「痛ぇっ！」

「おいしいにゃ～！」

うん、ノエルは容赦なく噛んでるね！　ご愁傷様！　そんなギャアギャア、いえ、ニャアニャアした騒ぎですが、少しずつ収まってきました。でもそんな時間も長くはありません。

「なくなったにゃ……！」

「おわったにゃ……」

「ないにゃ……ないにゃ～!!」

「終わったの！　お終《しま》い！　ご飯貰ってこい！」

スクッと立ったルークの厳しい言葉にショボンとしながら、三匹は彼から離れました。

「ルーク、お疲れさま。お味噌汁……飲んで」

ちょっとだけ冷めたお味噌汁を手渡す。

ルークは両手で受け取り、器に入れられた匙《さじ》で軽くかき混ぜた。掬《すく》って飲むルークは切ない顔をしていて、私は少し胸が痛くなった。

「美味《うま》いな……ホント……お味噌汁だ……」

ジワジワとルークの瞳が潤んでくる……あー、これは泣いちゃうな……

「ルーク、お昼はご飯としょうが焼きもあるのよ。シンミリしてたら、食いっぱぐれるわよ」

ルークは笑い泣きしながら、お味噌汁をズルズルと器から直《じか》に掻き込んでいる。……あっという間にお味噌汁、完食しました。

私もお味噌汁、飲もうっと。

「エリーゼ！　早く取りに行かないと、しょうが焼きもご飯もなくなるぞ」

ルークったら必死～（笑）

コロコロ笑っていると。

「フレイの食欲を舐めるな！　あいつ、滅茶苦茶食うぞ！」

フレイ、確かに！　ラーメンのおかわりでチャーシュー蓋《ぶた》を完食する胃袋の男だ！　舐めてた！

フレイはトールお兄様の側近で、ちょっとチャラ男っぽいイケメン。トールお兄様とはBでLな関係もある。ちょいちょい甘〜〜い雰囲気を醸し出しているときもあって、目が離せないのよ！

走りだしたルークの後を追いかけ、ご飯にしょうが焼きを載せてもらって、お味噌汁のおかわりをもらってコンロから離れる。

テーブルの空いている場所を探して移動し、のんびり食べる。

周りを見渡すと、同じようにすごい勢いでしょうが焼き丼を掻き込むお父様と、楽しそうにお喋りしながら食事するお兄様たちと側近。

お母様とシンシアとソニア、エミリはアレクとアニスと一緒に食べている。（アレクはお父様の側近で、アニスの父親です。今でもお父様とはBでLな感じらしいです）

隊員も寄子貴族たちも元王都民も、皆美味しそうに、お味噌汁を飲んでいる。

よぉし！　お昼ご飯食べたら、アニスと一緒にエプロンと三角巾作るぞ〜！

三匹お揃いの色違いで作ろうっと！

はいっ、馬車の中で、三匹のエプロンと三角巾は製作終了しました！　エプロンは白い木綿地に赤・青・紫の縁取り（パイピングとかいうんだっけ？）で作りました！

外は夕暮れ前、今は夜の野営地が決まったので、馬車で移動中です！

しばらくすると馬車移動が済み、輪留めで固定される震動を感じた。

この辺りは集落がなく、鬱蒼《うっそう》とした繁みが少し離れたところにあるようだ。いつも使う簡易の魔物除けの杭が、いつもより狭い間隔で打たれている。

マップに映る魔物のマークも少し離れたところにチラホラしている……

あー……王宮派遣の討伐隊もすぐ近くに野営地を構えるみたいだなー（棒）

マップには彼らの位置が表示されている。

ま、理由はわかる。離れていれば、襲撃されるかもしれないものね。

「さて、馬車から降りてルークとノエルに合流しましょうか」

私はエプロンを、アニスは三角巾を手に持ち、馬車から降りてルークとノエルを待った。

ほどなくやってきたルークとノエルに、笑顔でエプロンを見せる。

「皆、お料理頑張ってくれるから作ったのよ。料理の前に着けてね」

そう言って、それぞれにエプロンと三角巾を手渡していく。

色はすでに決まってるから悩みませんでした！

「うれしいにゃ！」

「かっこいいにゃ！」

「りっぱにゃ！」

嬉しそうな三匹は法被《はっぴ》の上からエプロンを着けて、三角巾を頭ではなく首にスカーフのように着けました！　知らなきゃ、そうなりますよね！

よくよく考えたら頭だと微妙に着けにくいことに今気づきました。

「ククッ……三角巾じゃなくて、スカーフになったな……」

そうですね！　笑いたければ笑うがいい！　スカーフの方が可愛いわ！

「まちがったのかにゃ？」

「ちがうのかにゃ？」

「おかしいのかにゃ？」

三匹が互いを見ながら聞いてきます。可愛い！

「間違ってもないし、違ってもおかしくもないから安心して。さ、向こうに行きましょう。料理長が待ってるわよ、きっとね！　アニス、馬車の準備よろしくね！」

「はい！　こちらの支度が済んだら行きますね！」

私はルークとニャンコたち三匹と一緒に、中央広場に向かった……私はまず四阿《あずまや》を作ってコンロを作るんですけどね！　ちゃちゃっと作れるようになりました。

夕食には大根・ニンジン・ネギ・ジャガイモ・ボアの肉の豚汁を具だくさんで作っています！

美味しそう！　鰹節も使ったわよ！

出汁《だし》を取った後のブシ花ガラをルークに手渡したらまた、ルークがノエルに指をハムハムされてたみたいだけどね！

長いコンロをひとつ占拠してるので（正しくは米もこっちで炊いてる）、もうひとつのコンロでボアの厚切り肉を焼いてます、素焼きです！　味付けはなしです！

そして私はちょっと離れたテーブルで大鍋に大根を投入。魔法で大根おろしを製作中です（笑）

いちいち手ですりおろしたりしません！

どんだけ魔法って便利なのかと！　マジで便利です!!

大根の汁は体にいいので、捨てずに飲んでもらいたい、ということで、魔法でおろした状態のところに醤油をイン！　小さじで少し掬《すく》って手のひらに落とし、パクッと食べる。

うん！　美味しい！　これで、お肉を食べてもらおう！　サッパリいけると思うのよ！

ザクザクに刻んでもらったキャベツを塩揉みしてもらったので、ちょっとした漬物状態です！

醤油を少し垂らしちゃおうかな？　フフッ、ご飯が進んじゃうなぁ。

「おてつだい、おわったにゃ！」

「おいしそうにできたにゃ！」

「がんばったにゃ！」

三匹がトテトテと寄ってきました、どうもブシ花を食べた後で料理のお手伝いをしたようです。

それにしてもブシ花に群がる三匹の必死さはちょっと笑ってしまう。

「皆、頑張ったわね！　もうじき、晩ご飯だから大人しく待ってましょうね」

ほとんど終わったし、テーブルにワインを置いておこうかな。夜は冷えるし、少しアルコール入れた方が温まるしね！

そう言えば、ホットワインってどうやって作るんだっけ？　温めたワインにシナモンとかリンゴとかを入れる？　それだとサングリア温かバージョン？　いや、サングリアってオレンジとかも入るんだっけ？

干し柿を食後の甘味に出しておこうっと。手抜きかしら？

「おーい！　そろそろ晩ご飯できるぞ！」

ルークが大声で私たちを呼ぶ。

私は三匹と一緒に、ルークの元へと歩いていく。

おろし醤油とキャベツの塩揉みはコンロの近くのテーブルに持っていってもらった。

たまにはサッパリもいいと思うのよ！

焼いたボアの肉におろし醤油が掛けられたものが載った器を受け取り、フォークを刺して齧《かじ》り付く……うん、美味しい！

「先に向こうで食べててくれ、ご飯と豚汁を貰ってくるから。浅漬けキャベツいるか？　いるなら、ご飯の上に載せてくるけど」

ルークは気遣いができるし優しい、まるで当たり前のように言ってくれる。

「ありがとう、キャベツ食べたいから少し多めだと嬉しい」

遠慮なく話せる、この感じがいい。

「ははっ、わかったよ、じゃあ向こうで待っててくれ」

私は三匹と一緒に空いているテーブルに向かう。

ルークは数回往復して、ご飯と豚汁を持ってきた。私たちは楽しくお喋りをしながら、食事を楽しむ。それは私たちだけでなく、この野営地にいる全員が楽しんでいた。

やがて食事も終わり、干し柿を齧《かじ》りだしたところだった。


――ウオォォォォォォォォォンンン――


それは聞いたことのない狼の遠吠えのような鳴き声だった。

野営地に緊張が走る。マップを見ても、魔物のマーカーは表示されてない。

おそらくだが、マップ外にいる……結構な距離を表示しているのにマーカーがつかない。なのに遠吠えらしき鳴き声が聞こえる。これはヤバい……今までとは違うのが来るのか？

「エリーゼ！　わかるかっ！」

走ってきたのはキャスバルお兄様とレイのふたりだ（レイはキャスバルお兄様の側近、情熱的な人でとても優秀です。お兄様とは熱烈ラブラブなのです）。

キャスバルお兄様は慌てた様子で私に聞いてきた。

「いいえ！　マップには表示されてません。おそらく、まだ近付いてないのでしょう。あっ！　来たっ！　表示されました」

マップに表示された方向に体ごと向く。こんもりとした繁みの向こう、山のように見える高い岩肌と木々……え？

「どうした？」

声を掛けてきたのはルークだった。

私には、あの岩の上にいたように感じた……目を凝らして見てみる。

気のせいなんかじゃない、時折チカチカと光る黄色い光……嫌な予感しかしない。

光る方向を真っ直ぐ指差し、睨むように見つめた。

「私の指差す方向にいます。気のせいかもしれませんが、時折黄色い光が見えます」

――チッ！――

誰かの舌打ちが聞こえました。ルークなのか、キャスバルお兄様か……

次々と走ってきたのは、お父様とアレク……それからトールお兄様とフレイでした。

「エリーゼ、わかるか？」

「父上、不味いです。あの岩の上にいます……しかも黄色い光が走ったのを確認しました」

私が答えるより早く、キャスバルお兄様がお父様に答えました。

キャスバルお兄様の言葉でお父様たちが黙り込みました。

「そうか……キャスバル、野営地に待機してくれるか？」

お父様の渋い顔にキャスバルお兄様はコクリと頷くと、どこかへ走っていきました。

「エリーゼ、よく聞きなさい。今、あそこにいるのは大型の魔物だ。今の遠吠えといい、黄色い光といい、恐らく雷狼《かみなりおおかみ》だろう。黄色い稲妻を自在に出す、大型の狼系の魔物だ。体毛は灰色で恐ろしく頑丈だ。キャスバルの二番隊はこの野営地の守りに入ってもらった。残る三番、四番隊と私たちだけで対処することになる。この距離なら、確実に襲ってくる……こちらは野営地から出なければ、いや、違うな。私たちの馬車の内側ならば、怪我人も出ないだろう。あの簡易魔物除けでは意味がない……すぐ近くで野営地を構えた王宮の討伐隊の方が不味いだろう。エリーゼは野営地にいるか？」

ハハッ！　黄色い稲妻を自在に出す大型の狼か、脳裏に何かちらつくわ！

ルークの顔を見ると、ニヤリと笑っていた。

王都の邸《やしき》で、図鑑で見た魔物……一度はチャレンジしたいと思っていた雷狼の大型。興味津々でしてよ！　お父様。

「まさか！　討伐に参加するに決まってるでしょう！」

私は笑って参加の意思表示をした。お父様はツカツカと近寄ると私の頭をクシャリと撫で、獰猛《どうもう》に笑った。

「それでこそ、俺の娘だ！　だが、身体強化と保護魔法をしっかり掛けておけ。うっかり傷でも付いたらつまらんだろう。いくら治癒魔法が使えると言ってもな」

お父様の心遣いが嬉しい。反対しないで私の気持ちを優先してくれる……さすがお父様です！

「ありがとうお父様！　気をつけて頑張るわ！」

「たとえ傷だらけになっても、俺にはエリーゼだけだ。一緒に狩ろう」

ルークったら……何言ってるのよ（笑）

でも一緒に戦えるのは心強い。

「失礼ね、傷だらけになんてならないわよ。魔法は土属性が有効だから、乱発させてもらうわ」

お父様たちはニヤニヤと笑って私たちを見ている……その生温かい眼差しとかイヤンだわ。

「主！　ボクもいっしょにゃ！」

「ガンバルからまかせるにゃ！」

「ボクもいっしょうけんめいやるにゃ！」

三匹とも、やる気十分のようだわ。

そうね、対大型ならば落とし穴は必要ね……

「かなり大きいから、落とし穴を活用したいの。可能な限り、動きを止めたい。できる？」

わずかでも動きを止めれば、こちらが大きいダメージを受けずに討伐できるはず。

「わかったにゃ！　まかせるにゃ！」

タマはドン……じゃなくてポンと胸を叩いて、私の言葉に力強く答えてくれた。

「わかったにゃ、タマにゃんとはちがうばしょにアナをほるにゃ！」

「あぁ、頼んだぞノエル」

ノエルはルークにグリグリと頭を撫でられ、嬉しそうに喉を鳴らした。

ピリピリとした緊張感、早鐘のように高鳴る心音。不思議な高揚感……

これがリアル一狩り（対大型）か！　つまらない怪我だけはしないようにしようっと。

「フフッ……あの場所からピクリとも動いてない……私たちを見てるのかしら？」

「だろうな。不思議だな、エリーゼが一緒だと負ける気がしない」

独り言を言ったつもりが、ルークが相手してくれます。

マップを見て雷狼が移動してないことを確認。それにしても大きい……

「失礼いたします！　討伐隊伝令を務めております、ジョージアと申します！　連携の指示をいただきたく参上しました！　次期……キャスバル様にお伺いしたところ、侯爵様自らが指揮なさると聞き、参りました」

王宮討伐隊兵士の恰好をした男が走り込んできた。あちらからすれば必死だ……こちらと違い、兵力はあまり望めないだろう。伝令の武装からして弱々しいとしか思えなかった。

それにしても、キャスバルお兄様に真っ先に行ったのね。

「うむ！　討伐隊は守りに徹してもらおう。我らシュバルツバルト領主隊が攻撃をする。無理をしていたずらに命を捨てるな。こちらの指示を聞いてくれればそれでいい。トール、ルーク、エリーゼ、あちらに行くぞ！　こちらはキャスバルに任せた。フェリシアもいる、よほど我らがヘタを打たねば大丈夫だろう」

お父様……カッコイイ！　そしてお母様とキャスバルお兄様への信頼パない！

「野郎ども！　あちら側で迎え撃つぞ！　付いてこい！」

お父様の雄叫びにワラワラと出てきた領主隊の隊員が拳を突き上げて叫び、ゾロゾロと歩き出した。

私もルークもトールお兄様もお父様の後を付いて、王宮討伐隊の野営地へと歩き出す。

「やってやるにゃ！」

「ぶつけてやるにゃ！」

「おっきいのから、とってやるにゃ！　ガンバルにゃ！」

ノエルが一番お喋りな気がする。タマとトラジは短めの言葉が多いのに、ノエルはちょっと長いわね……それにしてもとってやるって何かしら？

「ルーク、気のせいかもしれないけど……ノエルってお喋りさんよね？」

隣を歩くルークにだけ小声で聞いてみた。だって気になるんだもん。

「そうだな、ノエルはよく話し掛けてくるな。そこが可愛いんだけどな」

耳打ちするように小声で答えてくれたけど……ネコ自慢かぁ！　うちの子可愛いでしょ、かぁ!!

しかもエッロイ声で言いやがってぇ！　あれか、クワイの上でイチャイチャしながらトークか！

そうか、そうなんだな！　この……イケメンめぇっ！

「なるほどね……よくわかったわ」

「何がだ？」

「ルークのニャンコ愛がよ」

「ありがとう」

褒めてない！　でも、私もタマとトラジが可愛いから何にも言えない！　私もうちの子可愛いって思ってるもん！

あれ？　もう、着いちゃった。

んっ？　今、何か動いた？　……動いたっ！　岩の上かっ！

バッと体ごと岩を見つめた瞬間、やつと目があった気がした。

「どうしたっ！」

ルークの叫ぶような問いに、やつを凝視したまま答える。

「あいつ……あそこにいる……！」

真っ直ぐ指差した瞬間だった。


――オォォォォォォォンンン――


「なっ！　あんなところにっ！」

雷狼の遠吠えとルークの声で、近くにいた者が一斉にそちらを見たのだろう……デカイだの、死ぬだの、助けてくれだの……大型に対する言葉以外に腰抜けみたいな言葉も聞こえた。

「やつは雷狼、狼系最大の魔物だ！　怯《ひる》めば即座に襲ってくる、決して逃げるような真似はするな！」

お父様の激励が飛ぶ。

なるほど、狩るモノの本能で逃げる者は獲物として殺すか……上等だぁっ！

何かゴチャゴチャ聞こえた気がしたけど、それどころじゃない。

ピリピリとした緊張感が体を支配する。血が沸騰したかと思うほどの熱さを感じる。

「背中を見せるなっ!!」

お父様の逼迫《ひっぱく》した声が轟《とどろ》く。グッとやつの体が沈んだ？

「動くなっ!!」

お父様の叫びが聞こえた瞬間、雷狼がひとっ飛びに降りてきた。

やるかっ！　思わず抜いた剣はシャランと、場違いな涼やかな音を立てた。

やつは私たちに目もくれず、ゴチャゴチャ言っていた後方……討伐隊の方に飛んだらしい。

慌てて振り返った私の目に映ったのは、誰かが押し倒され、ばたつく誰かの体を……上半身をやつが噛み千切ったところだった。

一瞬で怒りが湧き起こり、同時に背筋が凍るほど冷静になる。

「クソがぁッ！　上等だぁっ！」

自分でも信じられないほどの大声で叫び、剣を握りしめたまま体は動き出していた。

「ヤメロッ！」

黙れ、ルーク！　ヤツは殺す。

「待てっ！」

待てません、トールお兄様！

「エリーゼッ！」

お父様ごめん！

逃げようとする男たちを金属製の鎧の上からことごとく噛み引き裂き、死に至らしめていくやつの目の前に躍り出た。

テメェの相手は私だ！　こんな狭っ苦しいところなんかでできるか！

「クソがぁッ！　お前の相手は私だぁっ！　追いかけてくるがイイ！」

やつの目がバチッと音を立てるみたいに私の目と合った。

そんな弱い奴らじゃ、つまらんだろう？　私は全速力で野営地の外を目指す。

マップじゃ、すぐ外は草原地帯の表示だし、街道上だとしても後から直せばいい。

天幕の間を走り抜けるとすぐにやつが天幕を飛び越えてきたのがわかる。

こんなときはマップの便利さがありがたい。タマもトラジも追いかけてきている。

「ライト！　ライト！　ライト！」

宙に浮かぶ光の玉が三つ、私とやつの姿を照らす。振り返りグルグルと唸り声をあげながら、私を睨むやつを睨み返す。

クックックッ……よく見ると、ただの巨大な狼だな。

だがな、負けるわけには行かないんだよ！

全力で威圧を放ち、バックステップで距離を取る。

大勢の気配が野営地の方から近付いてきた。

チラッとマップで確認すると、タマとトラジがピコピコあちこちを動いている。

「主！　こっちにゃ！　できたにゃ！」

タマの声がする方に地面を蹴って走る。

やつも私を追って飛んでくる。

ザァッと地面に着地する音に、体を横っ跳びさせて転がる。

回転を利用して立ち上がった。元いた場所を見ると、大きな爪が空を切っていた……あっぶなー！

横っ跳びしてなきゃザックリやられたな！

雷狼が放った稲妻が地面に流れ落ちていく。

「くらうにゃ！」

え？　トラジ？

目の前を大きな泥団子が飛んでいった。泥団子？

ドガァァアン!!

次の瞬間、大きな爆発音が響きわたる。

びっくりした！　やつの気が逸れた間にタマが掘った穴を挟んで、やつを待ち受ける。動き続けるのは不利だ。

落とし穴の向こうにいるやつは私を見て苛立たしげに吠えた。

ビリビリと空気を震わせ、一瞬だけ体が強張る。

ざっけんな！　本番は今からじゃ！

落とし穴を挟んで対峙しているからか、やつが怒りに任せて走ってくる。

「来いやぁっ！」

走り込んできたやつはタマの掘った落とし穴に嵌《は》まった。

「石つぶて！」

シャレにならない量の石つぶてが雷狼を襲う。

うわぁ……ほぼ全方向から石つぶてとか、どうなってんの……まぁいい！　走り寄ってやつが地面に突き立てた爪をぶち折るために、斬って斬って斬りまくる。

「にゃーん！」

は？　ノエル？　え、なんで雷狼に体当たりすんの？

「タマッ！　次の落とし穴はっ！」

「やってるにゃ！　主のうしろにゃ！」

足元をチラっと見ると、確かに私の足元のすぐ後ろで掘ってるタマがいた。

雷狼の爪をガンガン斬っているけど、そろそろヤバイかな？

「できたにゃ！」

タマの言葉を聞いてバックステップで距離を取る。

タマは下がるかと思ったら、ノエルとトラジと三匹でなぜかやつに体当たりしてる。タマが雷狼の爪辺りに体当たりを決めたら雷狼が吠えたけど、なんだ？

「エリーゼ！」

あっ！　ルークが来ました！　ルークだけじゃありません、お父様もトールお兄様も隊員たちも来ました。雷狼を土魔法で攻撃しています！

それでも雷狼の目はずっと私を見てます。タゲってますね！

それにしても、あいつ頑丈だな。

ムクリッ……立ち上がって落とし穴から這い出てきました。

真っ直ぐこちらに来ます……うん、落とし穴にまた落ちました。私しか見てないから落ちるんだよ。

「タマ、次の落とし穴よろしく！」

「やるにゃっ！」

「ボクもやるにゃっ！」

「野郎ども！　今だ！」

お父様の号令で、トールお兄様をはじめ、お父様と隊員たちが次々と身動きを封じられた雷狼に殺到して攻撃しています。

……地面固めたときみたいに、雷狼の埋まってる部分固められないかな？

「落とし穴、コンクリで固まれ」

なんとなくです……なんとなく、片手を突き出して魔力をのっけました。

――グォオオオオオンンン――

あれ、できた？　やたらと体を捩《ねじ》って暴れてます。ルークも走って攻撃しに行きましたよ。

「できたにゃ！」

「ボクもできたにゃ！」

タマとノエルが落とし穴を掘ったかと思ったら、また体当たりしに……どうなってるの!?

雷狼の角（角がありました！　鱗はないんですけどね！）が黄色く光って……

「稲妻が来るぞ！　離れろっ！」

お父様さすがです！　一斉に離れたのに、なぜか三匹は爪辺りにバスンバスン体当たりしてます……

バリバリバリッ!!

「タマッ！　トラジッ！」

「ノエルッ！」

私とルークは同時に叫びました。稲光は確かに三匹に当たりました。でも、平気な顔でしつこく体当たりしてます。どんだけ体当たり好きなの？

「そういえばニャンコたち、土属性……だった……雷無効なんだ……！」

いわゆるアース的なものがあるのだと解釈すれば、電気をそのまま地面に逃がすことで無効にしている？　違ったらアレだけどね！

呆然とする私の声が、割と近くに退避していたルークに届いたようです。

「土属性？　マジか！　じゃあ、雷は大丈夫だな！」

とにかく三匹は雷が無効なら、物理攻撃が当たらなければイケる？

まぁ、細かいことはいい。あいつを倒すのが先決よ！

それにしても、やたらと体当たりしてるのはなぜ？　あれも攻撃のひとつなのかしら？

「お前ら、頭から離れろぉっ！」

お父様の雄叫びが轟《とどろ》くと、頭に攻撃していた隊員が一斉に離れ、体や尻尾に攻撃しに行きます。

三匹も離れて、今度は尻尾にバスンバスン体当たりしてます……あんたたち……

私？　私はやつのコンクリ固め維持の魔法をガンガン使ってます！　ガッツリ掴んで離しません！　逃げられると思うなよ！

お父様が、長くて幅広い両手剣をグイングイン回して角目掛けて薙《な》ぎ払いました！

カッコイイ！　けど、一発では折れませんでした、残念っ！

お父様が距離を取って再度剣を振り回し始めたと思ったら、トラジが体当たりをやめてヨロヨロとまた泥団子をやつの頭に向かってぶん投げました。

さっきより大きくてビックリなんですけど！　あっ！　お父様がちょっとビックリした、けど止まらない！　さす父！　そして、お父様のデカイ剣が再度やつの角に当たって……ぶち折れました ー！

――ギャォォォォォォォォンンン！――

角が折れたことで、大きく吠えた雷狼。

足固めの魔法を掛けているから観察できる。大きな角は中ほどで折れ、巨大な体に見合った爪も何本かは半分ほどの長さになっている。

近接攻撃はほとんど腹部に集中している。おそらく腹部の皮が柔らかいんだろう。

ブンブンと力強く隊員を薙《な》ぎ払う尻尾も、時折攻撃が当たってるのがわかる。タマとノエルの体当たりは全部当たってますけど……こう……ダメージなさそう……

ふむ、あの体当たり……何かヘンだけど……ま、後でよく聞いてみよう……

それにしても、お父様の攻撃はかなり的確で強いなー。

さて、そろそろ私も動こっかなー！　せっかくタマとノエルが落とし穴掘ってくれたしね！

「お父様！　私も行きますわ！」

私の声に反応して雷狼が唸り声をあげて威嚇《いかく》してくる。

うん、ムカついてやつの闘志は上がりっぱなしです！　エサ認定しっぱなしですよね。絶対エサにはなりませんけどね！

「エリーゼ！　油断するなよ！」

お父様、声援ありがとう！

駆け出し、思い切りジャンプする。お父様を飛び越え、身の丈より遙かに大きい雷狼の首辺りに着地しました。振り向きざまに全力で踵落《かかと》としで後頭部を攻撃です！

すぐさま飛び降りたら、目を回してました！

「ナイス！　エリーゼ！」

ルークが叫ぶと同時に首に剣を突き立てました。血飛沫《ちしぶき》スゴイです。

「ナイス！　ルーク！」

お父様の動きを見て、攻撃のタイミングを計ります。なんとなくですけど、息が合ってきてる。

――ガキィイインッ――

お父様が雷狼の角を根元から折るために攻撃しました！

今だ！　ジャンプ！

同じところに着地とか、やったね！　もう一回踵落《かかと》としです！　今度は踵落《かかと》としのあと剣を一回刺してから離脱します！　はい、グサーッ！　すぐ抜きます！

ブシャアアアって血ィ出ました！　すぐ退避です！　じゃないと前世で昔見たホラー映画の女

の子みたいになっちゃう！

パッパッと武装を払うと、掛かった血液はパタタッと落ちていきました。便利！

雷狼の下半身がズルッと動きました！　やば！

「出るぞっ！」

叫んで、すぐさま穴の向こうに走り込み、体ごと振り返る。と同時に雷狼の後ろ足が穴から出て私を睨んできた。

今度はすぐに飛び掛かってこず、一度離れようと考えたのか、辺りを見渡す。

させるか！

「ロックハンマー！」

あれほどの岩肌があるなら、岩や石が多いでしょ！

そんな思いつきで魔法を発動させたら、かなり大きい石のハンマーができてしまった。

一瞬驚いた雷狼の頭目掛けて、打ち込む！

ズウウウウウンンと倒れて目を回してる！

その瞬間、お父様もトールお兄様もルークも隊員たちもまた殺到して攻撃しています。

私の出る幕がありません。三匹も滅茶苦茶体当たりしてます……

やつが立ち上がりそうになったときのために、ロックハンマー待機させとこ……あー、でもヨロヨロしだした。

あいつ、立ち上がろうとするけど無理っぽいな。上手く力が入らないようだ。

あっ！　ルークが尻尾をぶった切った！

――グォォォォォ…………ン――

一声吠えた後、やつはガクリと力尽きた……マップ表示もグレーになった。

討伐成功？　だよね…………

「討ち取ったぞぉぉぉぉ！」

――おぉぉぉぉぉぉぉぉぉっっっ！　――

お父様の雄叫びに、この場にいる全員が呼応するように叫んだ。

私は叫びません。そっとロックハンマーを置いて地面と周囲を確認します。

ボッコボコです！　街道もボッコボコです！

とりあえず、ロックハンマーを街道の修復に活用します。魔法でロックハンマーを粉々にして地面をならしました。

「エリーゼ！」

「エリーゼッ！」

うん？　二方向から私を呼ぶ声……どっちもわかるわ。ルークと元婚約者の王子です。……大事なのは現婚約者のルークだから。間違っても前婚約者の王子じゃありません！

「ルーク！　お疲れ様！」

ルークの方向を向いて駆け出します！　悪いけど元婚約者からは距離を取らせてもらうぜよ！

「エリーゼ！　ナイス、アシスト！　おかげで成功だ！」

ルークに勢いよく抱きつくと、力強く抱き締められました！

ギュッと力強い腕に体ごと包まれるみたいに抱き締められて、ドキドキします。なんて言うか、ちょっといい匂いする。顔を上げて、ルークと見つめ合って……

「主やったにゃー！」

「主がんばったにゃー！」

タマとトラジが私の足にヒシッと抱きついてきました。

「主！　ボクがんばったにゃー！」

ノエルも抱きつい……て……って、背中にくっついた？

ルークではなくノエルと目が合いました（笑）

「皆、お疲れ様。大型って興奮するわね！」

苦笑いしてしまいました。ルークに少しだけ体を離されて、なんだか心がモヤンとする……え――……

「エリーゼ、あんな勝手にタゲられて心配した」

ルークの両手が私の頬にそっと添えられ、顔を下げることもできず見つめ合う。

「うん、ごめん……キレちゃって……」

ルークの心配そうな顔、本当に心配してくれたんだ。

ちょっ……そんな顔で見つめられたら、恥ずかしい……ちょっと待って！　ねぇ！　なんで近寄って……

「んっ……ルッ……クッ！　んっ！　は……」

軽くキスされたかと思ったら、ベロチューされました！　いや、私も受け入れたけど！

「バカッ！」

思わず叫んだけど、ルークは悪びれる様子もなく顔が離れて……

――ゴインッ――

「バカがっ！　大勢の目の前で何をやってる！」

ナイス、お父様！　お父様の拳骨がルークの頭に落ちました。

落ちた瞬間パッとルークの力が抜けたので、腕の中から脱出です。もちろん、ニャンコを両足にくっつけたままの脱出（笑）

頭を痛そうに擦《さす》ってるルークがおかしくて、思わずクスクス笑ってしまう。

「エリーゼ、いくらなんでも危ない真似はするな。肝が冷えたぞ。とにかく、無事で何よりだ。よくやってくれた」

「はいお父様、心配をおかけいたしました。ですが……お父様、スゴく格好よかったです！」

お父様はニヤッと笑って私の頭をぐしゃぐしゃと乱雑に撫でると、雷狼の死体の方へと歩いていきました。

「ルークも格好よかった！　ありがとう！」

「エリーゼも格好よかったな！　サンキュ！」

ふたりして握り拳を軽く打ち合わせて、健闘を讃えた。

「さ、剥ぎ取りに行こっか？」

照れたように笑って、スタスタと雷狼の方に歩いていくルーク。私は後ろからゆっくりついていく。

タマとトラジは私の足から離れて、私を挟むように両隣をチョコチョコ歩いている。

「タマ、トラジ……貴方たち、かなり体当たりしてたけど、何かしていた？」

気になっていたことを二匹に聞いてみる。

「「ニャッ！」」

二匹揃っておかしげな返事をしました。

「何してたの？」

チラリとタマを見たら、ワタワタと何か取り出そうとしてるけど、歩きながらでちょっと危ない。

「取り出そうとしなくていいから、何してたか教えて？」

「ノエルにおおきいのからとるやりかたをおそわったにゃ！」

ノエルに、大きいのから、とる、やり方？　……とるって、え？　スリ盗るとかそういうこと？

「ルーク！　ちょっと！」

少しだけ先を行くルークを呼び止める。

「ん？　どうした、エリーゼ」

すぐさま、私の方に戻ってきてくれる。

「ねぇ、うちの子たちがノエルから取る？　盗る？　やり方を教わったって言ってるんだけど、何か知ってる？」

「いや、知らなかった……」

でもタマはノエルから教わったって言ってたし……

ルークはノエルをヒョイと抱き上げると、ジッと見つめた。

「鑑定……へぇ……ノエル、いったいいつ、そんなことできるようになったのかな？」

「いまできたにゃ！」

どうやら、前はできなかったことができるようになったようです……

え？　じゃあタマとトラジもなの？　ソッと鑑定してみる。

タマもトラジもできるようになってました！

本人……いえ、本猫が望めば、特技とかどんどん増えるのかしら？

似てるようで、結構いろいろ違うものね。おっと……皆、雷狼からいろいろ剥ぎ取ってるけど、大分大きいわねー。

「あぁ、エリーゼ！　来たか！　悪いが角と爪、皮と尾を仕舞ってくれるか？」

人海戦術で剥ぎ取ったのね、それにしてもサイズが大きいわ……

「はい、お父様。こちらですね、では収納」

シュンッと消えて、無事無限収納に入りました。

でも肉とか骨はどうするのかしら？　もったいない感じがするのよね。

ちょっと鑑定してみよう！　って、なんてこった……『雷狼の肉・痺《しび》れるほどクセになる味』。

どんな味か気になる……

「お父様、雷狼の肉はどうなさるの？」

お父様はチラッと私を見ると、ちょっとだけ残念そうな顔をしました。

「ここで捨てるしかないだろう、あれの肉が食べれるとは思えないしなぁ……」

食べられる肉を捨てることはできぬ！　うん、切り取ってもらって研究しよう、そうしよう！

「お父様、食べられるらしいので切り取ってください」

「おーい！　エリーゼは肉が欲しいらしい、切り取ってくれ！」

すごい勢いで指示を飛ばしました。あまりの早さに驚きです。

でも痺《しび》れるほどクセになる味かぁ……辛いのかな？　明日の昼辺りに試作品を作ろうかな？

黙って待ってるだけで、じゃんじゃん肉を持ってこられたのでガンガン収納しました！

……………一働きしたからかな、甘い物が食べたいです。ご褒美スイーツを！

「エリーゼ、その……頼みがあるんだが……」

いやだわ、ルークから頼みとか……何かしら？

「な・あ・に？」

気まずそうにキョドって……変な頼み事なら、許さないわよ。

「その、ちょっと……お腹空いちゃって……夜食をお願いできるかな？」

夜食のお願いだったぁ！　やっぱり、お腹空いてるかぁ！

「ふふっ、私もちょっとだけお腹空いちゃったの……だから、どうしようかなって。私は甘い物が食べたいけど、ほかにも何か軽いもの作るわね」

ルークが照れ笑いするから、私もつられて照れ笑いをした。

いい雰囲気だったのに、お父様が骨を抱えた隊員たちを連れてきて……

「エリーゼ、骨も頼む！」

「はい」

返事だけして、じゃんじゃん骨を受け取り、仕舞いました。

遠くでトールお兄様がニヤニヤしてるけど、気にしないようにしましょう。

ニャンコたちとは寝る前に、ちゃんとお話だわね。

あーでも、雷狼の肉、気になるー！　痺《しび》れる（ほどのクセになる味）って何～！

……悩むのはなし！　よし！　夜食にちょっと甘い物を作りながら、雷狼の肉を焼いてみよう！

で、食べてみて明日のお昼のメニューに使おう！　うん、そうしよう！

「おーい、整地したら帰るぞー！」

あら、やだ。考えてる間に、お父様が指示出ししてくださったわ。街道は埋め埋めしたから細かいところは、隊員の方たちがやってくれるみたい。

キョロキョロと辺りを見回してみると、まだまだ時間は掛かりそうです。

……この隙にタマとトラジに聞いておくか……

「タマ、トラジ。さっき何が取れたのか教えてくれる？」

サッとしゃがんで、タマとトラジに聞く。二匹はチョコチョコと近付いてくると、法被《はっぴ》の内側に片方の前足を突っ込み、二匹揃ってパッと出してきました。

……黄色く光る黒い爪でした。雷狼の爪の前半分……これは、磨いて柄を付けたら素敵なナイフになりそうです。

「雷狼の爪ね、領地に帰ったらナイフにしてもらいましょうか」

私の言葉に小躍りする二匹。可愛いです。

「うれしいにゃ！」

「がんばったにゃ！」

「じゃあ、領地に帰ったらお揃いで作ってもらいましょうね」

二匹はノエルの側に走っていくと、何か話し合って……輪になって踊りだしました。

やだ！　何、あの三匹の輪になって踊ってるの！　すごい可愛いんですけど！

「エリーゼ、あの三匹はどうしたんだ？」

「体当たりで取った雷狼の爪で、お揃いのナイフを作ろうねって言ったのよ。あんな風に踊ってる姿は小さな子供みたいで可愛いわね」

ルークが私の隣に来て、三匹を一緒に見る。

あろうことか、子供みたいとか言っちゃったわ……どうしよう…………え？　ルークに手を握られたわ。

「可愛いな。小さくて温かくて……無邪気でさ……ノエルだけじゃない、タマもトラジもそれぞれに可愛くてさ。人間の子供ならもっと大変かもしれないけど、早く親になりたいって思う瞬間がある。おかしいかな？」

そんなことを言われて、甘い顔で私を見つめるとか……ズルいと思う。

「おかしいとは思わないわ。その……私は、女だし……やっぱり赤ちゃんは早く欲しいって思うことはあったもの……」

私の手を握る力が少しだけ強くなった。その手の熱さに、私の中の何かが動かされた気がする……ルークの手を少しだけ強く握り返してから手を引き抜く。

びっくりした顔で私を見るルーク。私は笑ってルークの手に指を絡ませるように握る……確か恋人繋ぎって言うんだっけ？　彼はすぐに理解して、その指先に少し力が入って……

「これから恋人繋ぎしてもいいかな？」

「うん。でも、そんな風に言われると照れちゃうね」

そんなことを言ってたら、三匹が走り寄ってきてゴソゴソと法被《はっぴ》の内側から何かを取り出しました。

黄色い虫だったり、灰色の長い毛だったり……鑑定して見てみると虫は雷属性で、武器や防具や武装を製作するときに使うと属性効果が付く優れものでした。毛は装飾品を作るのに適していて、やはり雷属性効果が付くので何か作ろうかと思います。

「すごいわね。領地に帰ってからだけど、どれも使えるし、素敵な物にできるわ」

「すごいぞ。大活躍だったな！」

私もルークも嬉しくて、三匹を褒めました。三匹ともイイ顔してます。

「エリーゼ、ルーク。そろそろ整地が終わる。先に野営地に帰っていいぞ」

お父様が私に戻るように言ってくれました。

「じゃあ、野営地に帰ろうか。夜食も作らなくっちゃね！」

私は繋いだ手を離したくなくて、キュッと力を入れて歩き出した。

ルークも少しだけ力を入れて、私のペースに合わせて隣を歩いてくれる。

帰ろう、私たちの場所へ。

……エライことに気がつきました。

ルークと一緒に歩いてますが、討伐隊の野営地を抜けないと私たちの野営地には着かない。イヤだわ……

「エリーゼ、大丈夫だ。俺が一緒だ」

私の不安を感じたのか、心強い言葉をかけてくれる。

「うん」

手を繋いだまま、ゆっくりと歩いていく。

チラチラと討伐隊の兵士たちに見られてるけど、キニシナイ！

一番会いたくない人物と目が合った。ギュッと強く握られた指先に縋《すが》るみたいにもう片方の指を這わせる。

「大丈夫だ、行こう……」

「うん、ありがとう」

なんで私を見るの？　どうして私の名前を呼んだの？

もう、お互い過去のことでしょう。今頃になって、そんな縋《すが》るみたいな顔で見ないで。殿下が縋《すが》るべきは正妃となったあの令嬢でしょう。もう私は貴方の婚約者じゃない。

私たちを見つめたまま、ピクリとも動かないジークフリート殿下に軽くお辞儀して通り過ぎる。

そのまま通り過ぎて一馬身分《いちばしん》空いただけの草原を突っ切り、私たちの野営地に入る。

「エリーゼ、お疲れ。もう、休むか？」

すぐさまキャスバルお兄様が馬車の陰から出てきて、労《ねぎら》ってくれました。

こんなところが女心をくすぐるんだろうなぁ……

「ありがとうございます、キャスバルお兄様。でも頑張ったので、お腹空いちゃって……夜食を作ろうと。キャスバルお兄様もいかがですか？」

キャスバルお兄様はとてもいい笑顔で、頷きました。少しだけホッとする。

「もちろん、呼ばれるとも。母上も喜ぶだろう」

……お母様が！　あれれ～私、何かしたっけ？　いや、覚えてない。うん、わかんない！

疲れたし、温かいホットケーキ……じゃなくて、パンケーキ作ろう……とにかくリンゴジャム挟んで食べよう！　紅茶も淹れてもらって温まってから寝よう！

「そうね、お母様に心配かけたと思うし、甘い物を食べて紅茶を一緒に楽しみたいわ」

キャスバルお兄様にも何も言われなかったので、ルークとはずっと手を繋ぎっぱなしです。

コンロに辿りつくと、お母様たちとアニス……料理長や料理人までいました。

ルークから離れてお母様とハグして、料理長にパンケーキとリンゴジャムの製作を頼み、材料を出す。

料理長と料理人はキビキビと支度し、コンロでどんどん作りだした。コンロの端っこにある大鍋にはお湯が一杯入っていて、いつでも紅茶が淹れられるようになってる。

「アニス。私、アニスの淹れた紅茶が飲みたいわ。淹れてくれる？」

アニスのさっきまでの心配そうな顔がいつもの笑顔になった。

「もちろんです」

「ありがとう。私、料理長と少し話し合うから待っててね」

料理長に近付き、さっき手に入れた雷狼の肉のことを話した。

ニンマリ笑った料理長とニヤリと笑った私のふたりで雷狼の肉を少しだけ切り出し、コンロで焼いて食べてみる。

「こいつぁ……クセになりますね」

うん、と頷いた私はこの肉の味にビックリしていた。

タイ料理のなんだっけ……えーと……ガイヤーンだっけ？　あれは確か鶏肉のはず。狼の肉で味付けしてないのにアジア料理っぽいとは、これいかに？　まあ、美味しいからいいや！

「そうね、明日のお昼ご飯はこの肉とかどう？」

料理長はニヤッと笑って、サムズアップをする。

「いいっすね！　これで野菜と炒め合わせて食べたら、ご飯が進みますね！」

その意見には賛成！

「いいわね、そうね……ちょっと辛い味付けしたらいいかも。ご飯が進んじゃうわね」

あとは鶏ガラスープでいいかな？　……デザートは甘い物がいいかな？　なんとかなるでしょ。

私と料理長の密談はこれで終了して、私はアニスのところに戻り、紅茶を飲む。

料理人が私やルーク、タマ・トラジ・ノエルの分のパンケーキをお皿に載せて持ってきてくれた。

パンケーキに載った爽やかな甘さのリンゴジャムが、少しだけシャクシャクしてて、とても合う。

あぁ……幸せ。疲れた体に甘さが染みるわぁ……

「アニス、ありがとね。これをいただいた後は馬車でゆっくりしましょうね」

アニスは小さく「はい」と答えると、少しだけ気恥ずかしそうに笑っていました。


お腹も膨れて、気持ちよくなったエリーゼです。

すんごい眠いので、すでに馬車内で横になってます。大の字になって寝ていたら、アニス・タマ・トラジが私の腕枕で寝ています。

動けぬ！　まぁ、いいや……痺《しび》れたら、それはそれで構わない！

突如現れた温泉郷

あっさでーす！　シッビシビに腕が痺《しび》れてます！　幸せの痺《しび》れです（笑）

でも大丈夫、状態異常無効化！　魔法は心の声でも、バッチリ有効！　チートもここまで来ると便利使い一択です！

我慢？　我慢して誰か得するの？　得するなら、我慢するよ！　でも誰も得しないから、我慢せずに使います！　……腕枕の痺《しび》れなんて誰得だから！

朝ご飯は、パン・具だくさんスープ・ボアの肉（甘辛醤油味）・焼き野菜・干し桃のホットドリンク。

何事もなく時間は過ぎて、お昼は雷狼の肉を使った野菜炒めを作りました……好評でしたが、貴重なお肉です……もうしばらくは使いません！　勿体ないです！　だって……だって、スパイシーな物ってほとんどないんですもの！

そして、討伐隊を後続にしてトコトコ進みます……ご飯以外は特に何も、これといったイベントもなく進んでいます。

ニャンコたちのエプロンを作ってから、何を作るかって……考えちゃうんですよね……八丈島を弄《いじ》るのも限界ありますし……

そんなことを考えてたら、今夜の野営地？　野営地にしては整って……うん？

『湯の山・温泉郷』

は？　何、なんで温泉郷とか看板掲げた鳥居があるの？

キョトーンですよ！　どういうこと？

鳥居前をセンターとして、私たちと討伐隊は左右に分かれて野営地を作ってます…………

「アニス……ここ、知ってる？」

多分、私はすごく変な顔をしていたと思います。

でも、アニスも困惑しきった顔でフルフルと首を横に振りました。

「わかりません……いったいなんですか？　温泉郷って？」

アニス、単語自体を知りませんでした。

まさかの、ここで温泉回とか驚きです……ポロリもあるでよ！　なのかしら？

いえ、私のポロリというより、お母様のポロリを期待です！

いつものごとく、コンロを作りに行こうかと思ったのですが、ルークが馬車の扉前で待機してました。

なんで待機してるのか……コマッチャウナー。

後ろから「つよいチカラをかんじるにゃ！」「わかる！　わかるにゃ！　ここはイイところにゃ！」

そんな声が聞こえました。タマとトラジです。

「ルーク……ここ、知ってた？」

一応聞いておくけど、多分知らないと思う……そういう顔だもの……

「知らなかった。エリーゼは？　……知らなそうだな。温泉郷とか、何か……」

うん、言いたいことはたくさんあるけど……言葉にできない……

「主、ここはスゴいにゃ！　あっちからつよいチカラをかんじるにゃ！」

タマが興奮しながら鳥居の奥を片前足で指した。

トラジとノエルは私たちの周りを何か探るように四つん這いでウロウロしている。

「ここで話してても何も解決しそうにないわ。とりあえず中央に行って、これからのことを聞きに行きましょう」

ルークに提案しました。もう何もかもが謎です。

「そうだな、行くか」

ルークも微妙な顔でコクリと頷く。馬車の中にいるアニスに、声を掛けておく。

「アニス、仮眠の支度をよろしくね。いつも通り、先に行くわね」

「はい！　行ってらっしゃいませ！」

アニスの元気な返事を聞いて歩き出す。

「行くよー！」

歩き出した私の隣に来たルーク、その私たちを囲むように歩くタマ・トラジ・ノエルの三匹。

いつも通りに四阿《あずまや》&コンロ作製終了後、キョロキョロとあたりを見まわしてなぜか落ち着いているお母様に近付いていく。

お兄様たちも落ち着いているけど、話をするならお母様の方がいい。そんな気がします。

お父様の姿が見えないけど、多分何かしてるのよね？

「お母様、お母様はこの温泉郷のことを知ってらっしゃいましたか？」

お母様はトロリと蕩《とろ》けそうな笑顔で、私を見つめてきます……

「ええ、知っているわ。来るのは久しぶりね……エリーゼ、ここはね、シルヴァニアの偉大なるご先祖でいらっしゃるおふたりが見つけた場所なのよ」

偉大なるご先祖……あの看板からして、日本人だとしか思えない。

「おふたりはシルヴァニア家の在り方を指し示し、国の基礎をお決めになった後、冒険者として放浪されたの。様々な知識を私たちに伝えたのです。この温泉郷のことも言い伝えのうちのひとつなのよ。疲れた体を癒し、英気を養う大いなる力を秘めた湯に浸かる場所！　湯浴みと違って、景色を眺めながら大きな石造りの池のようなところに浸かるのよ！　すごいんだから！」

うん、お母様が少女のように興奮しています。ここで確認しておかないと……それと池のようなって……露天風呂なんですね。しかも岩露天……

「お母様、お湯に浸かるのはわかりました。もちろん、男女別ですよね！」

混浴とか無理ですから！

「もちろんよ。ご先祖はチラとも姿が見えないように、様々な仕掛けをなさったのよ。ただ、男女が一緒に入れる湯も必要と、家族風呂というものを作られたのよ。この温泉郷はご先祖の指示で造られたの……帝国とも王国とも違う不思議な建物ばかり……でもエリーゼなら気に入るかもしれないわね」

お母様、説明ありがとうございます。でも、新たな謎が出てきて困惑中です。

お父様がドヤ顔でやってきました。

「フェリシア、温泉郷の宿は殿下にお譲りした。だが、温泉は使えるから浸かりに行こう。中の食事処も討伐隊に使ってもらおうと思ってるから、晩ご飯は料理長をはじめうちの使用人に頼もうと思う。エリーゼ、私たちが使う温泉は等級の一番上のものだから安心していいぞ。タマたちのことも説明済みだ。許可が出たから、一緒に入れるぞ。かなり広いようだし、等級分けされていて、下の等級なら商人たちも入れるから安心するといい」

……タマたちと一緒に入りたいのは、お父様でしょ！　言わないけど！

中の宿泊施設はジークフリート殿下が使う……と、買い食いも基本的にはなしかな……

「楽しみです。タマ、トラジ、一緒に入ろうね」

笑顔でタマとトラジを見た。ルークだけが微妙な顔のままだったけど、スルーしました。

「はいるにゃ！」

「はいるにゃ！」

タマもトラジも嬉しそうです。

「じゃあ、皆で行きましょうか」

お母様の言葉で歩き出そうとして、ハタと止まりました。

料理長に食材とか渡しておかないと。ちょっと離れた場所で、私たちを見ていた料理長を見つけた。

「お母様、ちょっと料理長と話してきます」

ダッシュで近付き、料理長の近くにあるテーブルに晩ご飯用の食材を山盛りで出しておく。

今夜はいつでも誰でも食べれるように、ポトフをたくさん作ってもらうように頼んでおいた。だって今日はそれぞれ温泉に浸かると思うので。

サッとお母様たちの元に戻り、温泉郷に向かって歩き出しました。メンバーは、お父様・お母様・キャスバルお兄様・トールお兄様・私・アレク・エミリ・シンシア・ソニア・レイ・フレイ・アニス（今、来ました！）・タマ・トラジ・ルーク・ノエルです！　いつの間にか、お兄様たちも側近も侍女も来てました。

お父様の話では、全員一等いいお風呂らしいです！　しかも男女別だから安心ですね！

どんなお風呂か楽しみです！

鳥居をくぐり、山の斜面に造られた小さな町は至るところに階段がある温泉街でした。

あちこちでせいろ蒸しの肉や野菜が売られ、饅頭かと思ったら『おやき』的な物が売られていた。甘味がないからか……温泉饅頭がないのは残念としか言えない。ただ『おやき』は塩味なんだろうな、と思うと手は出ませんでした。

メインストリートよろしく中央にある階段をどんどん上り、最上段にあるがっつり和風建築の朱色の門構えの温泉宿に入りました。

段数的にはそんなにありませんし、踊り場のように宿の前は平地だったので、苦もなくたどり着きました。

「エリーゼ、ここが一番いい温泉宿なの。私たちは温泉しか使わないけど、宿としても上等なのよ。とても気持ちのいい宿よ。いつか夫婦で来るといいわ」

夫婦って……お母様、お父様が泣きそうな顔をして私を見ましたよ。

「ホホホ……私たちも夫婦で来たときは、とてもいい思い出になりましたものね」

オゥ！　お母様とお父様の思い出の宿でしたか！

「そうなんですね！　とても素敵な思い出になったんですね！　お母様が羨ましいわ！　ね！　ルーク。婚姻したら私たちもここに泊まりましょうね！　お父様とお母様の思い出の宿よ、私も思い出を作りたいわ」

お父様の、いい思い出を思い出した顔と私がルークと来ることを想像した苦々しい顔が、交互になってます。面白いけど面倒くさいです（笑）

でも後からその話はお母様に聞かせてもらおうと思います。だって気になるんだもん。

「さ、エリーゼ、行きましょうか。私、早く温まりたいわ。ここは美肌の湯として有名なのよ。下は知らないけど」

お母様、一言余分な気がします！　きっと下だって美肌の湯です！

……大きい玄関を進むと下足番って言うの？　何人もの人と縦長の下駄箱がズラリ。下足番は靴も脱がせてくれる人でした。そりゃあ人数いるわ、私も脱がせてもらいました。ブーツ率多いですものね。もちろん、靴は預かってもらってます。

スタスタと歩いていくお母様に侍女たち三人が付いていった。私は男性陣にバイバイと手を振って、アニスとタマとトラジを引き連れてお母様を追いかける。

たどり着いた先は、女湯という暖簾《のれん》が掛かってました。

暖簾《のれん》をくぐった先はまごうことなき更衣室で……脱ぐ場所らしきところに籠がたくさん置いてあります。そして籠を入れる大きな木製ロッカーがあります。ちゃんと鍵付きで昔の銭湯のようです。

「エリーゼ、使い方わかるかしら？」

お母様がドヤ顔で聞いてきますが、わかるので……

「お母様、安心してください！　わかりますよ！　あっ、アニスはわからないと思うので、説明してください！」

「エミリ」

お母様がエミリの名前を言っただけで、エミリはアニスに近寄って説明してました。アレコレ言わなくても理解しているエミリです！

温泉に入るのに、何か着るものがあるのかと思ったら、真っ裸のようです……お母様はシンシアとソニアに脱がしてもらってました。籠はシンシアがサササッと木製ロッカーに仕舞いました。

お母様たち全員、真っ裸でスタスタと温泉に向かっていきました……

私はアニスと顔を見合わせ、クスクスと笑い合います。自分たちでどんどん脱いで真っ裸になると、籠を持って木製ロッカーに仕舞いました。鍵を手首に付けて露天風呂に向かいます。

もちろん、タマとトラジの法被《はっぴ》と首のバンダナは取ってクリーンの魔法を掛けましたとも！

「スゴいにゃ！　ビンビンかんじるにゃ！」

「だいちのチカラをあのミズからかんじるにゃ！」

……温泉から、大地の力が溢れてるのか……扉はなく開放的なのでそのまま進みます。

「そうね、すごそうよね。さっ、私たちも入りましょう。そうそう、入る前にあそこの桶でお湯を体にかけてからよ」

やはりマナーは大事です。

「はい、エリーゼ様」

「わかったにゃ！」

「かけるにゃ！」

すでにお湯に浸かっているお母様たちは眺めのいいところを探して、ザバザバ露天風呂の中を歩いて移動してます。

「もう、エリーゼったら遅いわよ！　あら？　あらあらあら！　エリーゼったら！　まぁまぁまぁ！　フフッ……気がつかないうちに、随分と娘らしい体つきになってるわねぇ！」

お母様がニコニコと笑ってます。まさかのお母様からのセクハラ発言です！

が！　お母様には負けますから！

「本当ですね！　エリーゼ様はフェリシア様に似たんですね！」

エミリも何言ってるの！　掛け湯をして私たちもザバザバ湯の中を歩いていきます。

「お母様だって、とても三人の子供を生んだ体つきには見えませんわ!!」

容色衰えずを地でいくお母様にドッキドキです。

「フフッ、エリーゼったら！　それよりも、ここから見える景色は素晴らしくなくて？」

お母様たちの近くに寄って、そこから見える景色を眺める。紅葉している木々が見えます。

「本当、素晴らしい景色ですわ。って、キャアッ！」

お母様に後ろから、胸を触られました！

「フフッ、エリーゼの胸は弾力があるわねぇ！」

「お母様っ！　もうっ！」

とりあえず、お母様の指を掴んで力尽くで剥がしました！

そりゃあ、大きいと気になるのは私もですけど！

「主！　はやくつかるにゃ！」

「主！　チカラがからだにみちるにゃ！」

タマとトラジが犬かきならぬネコかきでやってきて、浸かることを勧めてきます。

「そうね、お母様も悪ふざけしないで浸かりましょう」

「えぇ、エリーゼ。せっかくだもの、ゆっくり浸かって英気を養いましょう」

私もお母様も、温泉に浸かる……タマとトラジとアニスが、ゆっくり湯の中を移動してきました。

「主のプカプカしてるにゃ！」

何言ってるのかしら？

「主といつもいっしょにいるヒトのは……」

「トラジッ！　それは言っちゃダメよっ！」

「トラちゃん、確かに私のはプカプカしてませんけどっ！　人によってプカプカしたり、しなかったりするけど、それは言ったらダメです」

アニスがオコです。確かに世の中にはいろんな好みがあるけど、アニスの胸はそんなに小さくないです。

お母様たちはクスクス笑ってますが、トラジがジッと見てることに気づいてください。

「わかったにゃ！　きをつけるにゃ！」

「ゴメンにゃ……きをつけるにゃ……」

反省してるようなので、これ以上は怒りません。

「これから気をつければいいのよ。もっと近くにいらっしゃい」

二匹はプカプカしながら、私の両脇近くにやってきました。腕の中に囲おうとしたらアニスがトラジを腕の中に囲ったので、私はタマを抱っこするみたいに囲いました。

お母様たちはクスクスと楽しそうに笑っていました。

とりあえず、うんと遠くに見える白い山と手前のいろんな色の山々を眺めます。

高台ゆえに遮る物はほとんどなく、錦のように黄色から深紅まで様々な色の木々が配されており山々の縁取りのようでとても美しい。本当に素晴らしい景色です。

肌寒い気温とちょっと熱い温泉、気持ちいい……もう少し寒かったら、ぬる燗《かん》やりながら浸かるのもオツなもんなんだけどなぁ……いや、この世界ではもう成人しているけど、さすがに前世を思い出した今はちょっと抵抗感あるのよね……

ふぅ〜大分温まったし、ちょっと湯から出てクールダウンするか。

ザバリと岩風呂から出て、石の上に座る。少しだけヒンヤリとした石が気持ちいい。

ここの露天風呂は岩風呂と檜風呂《ひのき》がある……メインは岩風呂らしく大きく、見晴らしのいい場所にあるけど、檜風呂《ひのき》は板塀《いたべい》寄りに作られてる……それにしても、板塀《いたべい》高いなー

「主、なんででたにゃ？」

お湯の中を泳いで近付いて聞いてきたタマを、可愛いなぁ！　と思いながら見つめる。

「ずっと浸かるより、ある程度浸かったら出て、また浸かる方が体にいいのよ」

「じゃあボクもでるにゃ！」

ビチャビチャになって、ヨジヨジと石に登ってくる姿も必死で可愛い！

ヒョイとタマを抱っこして「濡れたままだと、冷えちゃうから……ドライ」と魔法を使う。

ブワッと水気が飛んでフワフワの体になったタマと、サッパリ水気のなくなった私。石の上に座ってタマを抱っこしたまま、外の景色を眺める。

「スゴイにゃ！　とおくまで見えるにゃ！」

「フフッ……ホントねー！　遠くまで見えるわね！」

私の胸にタマが頭を預けてくる。

「主……きもちイイにゃー！　スゴイきもちイイにゃー！」

「タマったら、何言って……あら？　板塀《いたべい》の向こうが騒がしいわね」

板塀《いたべい》の向こうって男湯よね？　だとしたら何を騒いでるのかしら？　ルークも騒いでるわけじゃないわよね？　声……とか聞こえない……ってスルー案件だわ、コレ。

「本当、何騒いでいるんでしょうね？」

アニスも不思議そうに言ってくる。

「ホホホ…………あちらは男湯よ。後から聞きましょうね」

私とアニスがキョトンとしているとお母様が黒い微笑みでわかりやすい解答をくださいました。

どうやら騒がしさの原因はルークなのね……鼻血でも出たのかしら？　そんな会話が聞こえました。湯あたりするなんて、修行が足りないわ。

「じゃあ、タマ。もう一回入りましょうか」

「入るにゃー！　主といっしょ、きもちイイにゃー！　ママにゃをおもいだすにゃー！」

やだ……何て可愛いこと言うのよ……タマを抱っこしたまま、再度岩風呂に浸かる。

タマは私にしか聞こえないような小さな声で「ママにゃ……！」と呟き、目を細めながら胸をフミフミしだしました。ニャンコのフミフミは甘えたいときに出ると聞いた！

まだ男湯は騒がしい……どうして、男という生き物は何かと騒がしいのか……

「エリーゼ様、ちょっと上がった方がいいっていうのは本当ですか？」

アニスがトラジを抱っこしたまま寄ってきて、聞いてきます。

「本当よ。ある程度浸かって温まったら、少し湯から出てちょっと冷ますの。で、少し冷えてきたらまた、湯に浸かって温まるの。これを何回か繰り返すと汗をかきやすい体になって、健康にいいのよ」

新陳代謝大事!!

「汗をかきやすい……ですか。あんまりいいとは思いませんが、エリーゼ様が言うなら、やる価値ありですね！　トラちゃん、ちょっと出ようか」

「え……！　いやにゃ……」

ザバーッとアニスはトラジを抱っこしたまま出て、すぐにドライの魔法で水気を飛ばしてさっき私がタマと座っていた石に座り、外の景色を楽しむ。

トラジも小声で「スゴイにゃ……！」と景色を楽しんでます。嫌がってたわりには、ちゃんと楽しんでるようで何よりです。

チラッとトラジが私を見ました……？　どうしたのかな？

「ボクも主にだっこされたいにゃー！」

うん、タマは爪をたてないように私の胸をキュッキュッフミフミしてます。仔猫みたいになってます。タマだけだと不公平ですからね、交替させましょう。

「タマ、代わりばんこ。はい、おしまい」

タマはパチッと目を大きく開くと残念そうに前足を離した。

「しかたないにゃ……」

タマは私からソッと離れると、パチャパチャとアニスの近くに泳いでいき、温泉の中で待ってます。

「トラジ、おいで〜！」

トラジはアニスの抱っこからヨジヨジしながら降りる。ピョンッとお湯に飛び込んでちょっと潜ったけど、プカァと浮くと私の元へパチャパチャとやってきました。

私がトラジを抱っこすると、トラジは嬉しそうに私の胸の上に頭を置く。それから赤ちゃんみたいに胸をソッとキュッと押した。

「ホントにゃ……ママにゃみたいにゃ……主……ママにゃみたいにゃ……」

小さな声で甘えるトラジは、いつもと違って幼くて可愛い。

タマもトラジも可愛い。そういえば、二匹をテイムした場所にはオスしかいなかった。

きっと何かルールがあるんだろう。お母さんを思い出してフミフミする猫らしい姿の愛らしさに癒されると同時にこの世界は厳しいんだな……とも思う。

そして、なぜかいまだに男湯は騒がしかった。


しっかりゆっくり楽しんだので、温泉から出ました。

ホコホコしてます！　体の芯まで温まったので、湯冷めする前に野営地に戻ってさっさか晩ご飯食べて寝たいです。ドライで髪はサラッサラに乾いてますし、身につけていた武装とか全部クリーンの魔法でピッカピカです。

「とってもいいお湯だったわねぇ」

お母様はご機嫌です。何せ、お肌がツヤッツヤしてますから！　私も久しぶりの温泉にウキウキです。

「はい、お母様がいつもより綺麗になって……私、なんだかドキドキしてます」

私の言葉にお母様が嬉しそうです。

「まぁ……エリーぜったら」

ホホホ……フフフ……と微笑みながら温泉から出て、靴を履かせてもらって階段を降りてます。

男性陣のことは放置です。待ってられません。

そう決めたのはお母様。温泉宿の偉い人に「男湯にまだいるようだから、先に帰ると伝えておいてちょうだい」って言付けして出てきました。

階段を降りながらあちこち見てますが、これといって欲しいものは……うん？　あれは……

「ねぇ、エリーゼ……あの果物の入ったワインは何かしら？」

お母様が興味津々です。まさか同じ物に目がいくとは驚きです。昔はなかったのでしょうか？

それにしても、あれは私の目にはサングリアに見えます。リンゴと何か柑橘類《かんきつるい》……ミカンに見えるけど……がざく切りにされて、ワイン？　に漬け込まれている。花瓶のような大きなガラス瓶だ。

でもなみなみと入った瓶がふたつ？

「サングリアかしら……」

こちらの様子を窺《うかが》っていた、売り子の年若い女の子が嬉しそうに笑いました。

「すごいキレイなお姉さん！　よく知ってますね！　うちのサングリアは飲みやすいって人気なんですよ！　一杯いかがですか！」

飲みやすいかぁ……飲んじゃおうかなぁ……でもなぁ湯上がりにアルコールはなぁ……

ふたつともサングリアならアウトだけど、一応聞いておこう。大体こういうところなら一方は子供向けだったりするものだと思うのよね。

「ふたつともサングリアなのかしら？」

女の子はニパッと笑うと元気よく教えてくれました。

「ひとつはサングリアですが、もうひとつの果実が多い方はブドウジュースに少しハチミツを足したものなんですよ！　値段は一緒ですが、損はないですよ！」

ジュースなら安心ね。汗をかいた体に一番いいのは水とか麦茶だと思ってるけど、ここにはないし、お母様はサングリアを飲みたそうにしてるしね。

うん、私とアニスはジュースの方を貰うとしましょう。

「お母様、私とアニスはジュースの方をいただきます」

「いただくわ」

「毎度あり！　お姉さん美人だから、ギリギリまで入れますね！」

そう言うと、小さなコップになみなみと注ぎました。

ゴクリと飲む……あれ？　すっごく飲みやすい。果物感強い。コッコッコッと飲み干してしまう。

ブドウジュースに果物入れたらこんな味になるだろうなって味です。でもハチミツが足されてるから甘味が強い。

「エリーゼ……その、どんな味かしら？」

「ブドウジュースに、果物を足した味です。飲みやすいですし、甘味が足されているので美味しいですよ」

お母様がニコニコしながら売り子の女の子にお金を渡し「私たちはワインの方を」と言うと、売り子はコクコクと頷き、コップになみなみと注ぐと次々に渡しました。

それぞれ受け取るとお母様は軽くコップを掲げて、クイッと飲み干した。

「あら？　これは飲みやすいわねぇ。サングリアは初めて口にしたけど、美味しいわね」

楽しげに弾むお母様の声と甘い笑顔、私たちもつられて笑う。

……それにしても、小洒落た物があるなぁ……

「うちのサングリアは『始まりの冒険者様』直伝なんですよ！」

売り子の女の子はなんだか自慢気です。始まりの冒険者か……前世の定番ＲＰＧのようね。聞いたら長くなりそう……スルーしたい。

「そうなのね、冒険者様ゆかりなのね。お母様、私長湯したからかしら、早く野営地に戻りたいのです！」

あら？　って顔されました。後、一押しかな？　微妙です。

「夕食を取って、アニスの淹れた紅茶が飲みたいのです」

「エリーゼ様……！」

うん、アニスの嬉しそうな顔！　可愛いなぁ〜！　おっ、お母様が何か思いついた！　って顔したわ。

「そうね、早く戻りましょう。私、パンケーキが食べたいわ」

お母様からスイーツのリクエスト来ました！　私も食べたくなりました！　ハチミツたっぷりかけて、イチゴをトッピングしましょう！　八丈島のレベルが上がって少し畑が増えたので、いろいろ作ってます！

「いいですね、パンケーキ。ジュース、とても美味しかったわ、ご馳走様」

よし！　挨拶したし戻ろう！　パンケーキのために！

さっそく男性陣放置で野営地に戻ってまいりました！　人はまばらです、結構温泉に行ったようです。ポトフはほとんど減ってません……私たちが先に温泉に行ったからでしょうか……

「おっ！　お嬢、お帰りなさい。ポトフは結構減ったんで、こいつは二回目ですぜ。お嬢、食べますか？」

お腹空いてるし、食べよう！　その後でパンケーキだ！

「いただくわ、温泉ってお腹が空いちゃうみたいでペコペコなのよ。でね、ポトフを食べた後、お母様がパンケーキ食べたいって……だから、作ってくれるかしら？」

料理長はバッとお母様を見ると、サッと私に視線を戻し、緊張した面持ちで小さな声で話し掛けてきました。相変わらず料理長はお母様が苦手なのかしら？

「お嬢、頑張って作ります。材料はあちらにお願いします」

お母様の機嫌がいいのは大事ですものね。なんとなくその気持ちはわかるわ。

私と料理長は連れだって、調理台の代わりにしているテーブルに行きました。

「卵をたっぷり使った方がいいと思うのだけど、黄身と白身を分けておいてほしいの。粉と黄身と砂糖は混ぜておいてもいいのだけど」

料理長は真剣な面持ちで聞いています。

「何か秘策があるんですね。わかりました、タネは粉と砂糖と黄身で作っておきます。後は？」

「新しい果物とイチゴ、それにハチミツよ。……乳製品がないのが悔やまれるわ」

料理長はキョトンです。乳製品の魅力を知らないからです。

バターに生クリーム、これだけでも世界が広がる！　さらにチーズ！　……ヨーグルトも入れるべきね、美容と健康には欠かせないもの。もちろんバターや生クリームのカロリーはまだまだ言えませんけどね！

「はぁ……よくわかりませんが、お嬢が言うなら価値はあるんでしょうね」

「そうね、驚くこと受けあいよ。じゃあ、頼むわね。ポトフ食べたら来るわ」

私は大急ぎでコンロの前に来て、近くに置かれている器やスプーンを手に取り、ポトフをよそっていき……いや、アニスが私から器を奪い取りよそってくれました。

うっかりアニスの仕事を横取りするところでした。ちょっとだけアニスがムッとしています。

「うん、ありがとう、アニス」

「私の仕事がなくなるかと思って焦りました。お熱いですよ、お気をつけてくださいませ」

器を受け取り、美味しそうに湯気の立ちのぼるポトフをスプーンで一口啜《すす》る。

優しいスープの味は肉と野菜の出汁《だし》がたっぷり出ていて、美味しい。ベースが鶏ガラスープなのも、優しさを増してていい。ホッとするわぁ……

「はい、タマちゃん。あっついから、フウフウして食べるのよ～！」

「ありがとにゃ！　フウフウするにゃ！」

「トラちゃんも気をつけるのよ～フウフウするのよ～はい、ポトフ」

「ありがとにゃ！　きをつけるにゃ！」

アニスも自分の分をよそってくると、私たちと一緒にポトフを食べ出しました。

お母様？　お母様はエミリと仲良く食べてます。

それにしても、スプーンで肉の塊をちょっとつついただけでホロホロと崩れてくるとか、堪《たま》りません！　こっちの世界の魔物肉のポテンシャルはレベル高いです。

野菜もスプーンで簡単に切れます！　食べやすいです！

「美味し〜い！　お肉も柔らかくって、味もよくて……幸せだわ」

「はい、美味しいものを一緒に食べられるってすごく幸せなことだって知りました」

アニスの言葉に、そうか、邸《やしき》では、別の場所で食べてたっけと思い出す。……領地に帰っても、時々一緒に食べられるようにしよう。

ハフハフとポトフを食べました……腹八分目どころか、腹五分目あたりでストップです。

ダッシュで料理長の元に駆けつけます。

「お嬢、もういいんですかい？」

「いいのよ。今からが本番よ……」

大きな鍋をポンと出し「卵の白身をここに入れて！」と小声で伝えます。料理長は無言で分けておいた白身をすべて投入してくれました。

私は大きな鍋の中の白身を攪拌《かくはん》します。魔法で攪拌《かくはん》なので疲れません！　高速なので、あっという間！

「攪拌《かくはん》終了。料理長、砂糖を少し入れてちょうだい！」

料理長とはツーカーです！　ササッと砂糖を少量加えてくれました。

再度攪拌《かくはん》です！　メレンゲ完成です！

「お嬢、これは……」

目を丸くして驚いている料理長にニヤリと笑う。

「メレンゲよ。このメレンゲとタネをサックリ混ぜてから焼くの。手本を見せるわ」

ササッと無限収納からボウルを出すと、お玉でメレンゲを掬《すく》いボウルに落とす。そこにタネを入れコンロへと向かう。料理長は先行してコンロの片隅で浅い鉄鍋に椿油を少量垂らし、私の手元をジッと見ています。

木ベラでサックリ混ぜるところを見せ、浅い鉄鍋に手早く落とします。

コンロの隅は火力が弱いので、フワフワのタネはジワジワと焼けていきます。

「こいつは……今までのとは違う……」

一見すると厚みのあるパンケーキです。器の置いてあったテーブルには、まだスペースが空いていたので、少し大きめのボウルをふたつ出しました。ひとつはイチゴを入れ、もうひとつはブルーベリーを入れます。

なんと、八丈島がレベルアップして新たな果物が三種類作れるようになってました。そこそこの量をそれぞれ作ってくれてました。

ありがとう！　ナビさん！　野菜も結構な量をじゃんじゃん作って無限収納送りにしてくれてました！　いろんな種類のお野菜が無限収納に入ってます！　やったね！

ソロソロとお母様が寄ってきました。目がキラッキラしてます！　スイーツ女子の恋する瞳です！

「エリーゼ……ねぇ、エリーゼ……いつもと違うわ……！」

えぇ……えぇ！　いつもと違いますよ！　いつもより厚みのあるスペシャルなパンケーキですわよ！　フワフワのサックリパンケーキです！

「はい、お母様。今日は特別なパンケーキを作ってます」

両面焼けたようです。料理長が目配せしてきました。

無限収納からお皿を出します。その上にポンッと料理長がパンケーキを載せてくれました。

お皿にゴロゴロッとイチゴやブルーベリーを載せてハチミツをたっぷり掛けてから、お母様に渡します。もう、お母様の瞳のキラキラ感が止まりません。サッとフォークを手渡します！

「お母様、特別なパンケーキの試食をぜひしてください」

お母様はおそるおそる、フォークでパンケーキを切り分けてからイチゴを突き刺し……意を決したようにパクリと口に運びました。

キュッと目を瞑《つむ》り、ゆっくりと咀嚼《そしゃく》し……ゴクリッと嚥下《えんげ》して……

「何てこと……これほどの物……すごいわ……こんな素晴らしい物を私が一番初めにいただくなんて…………！」

すごく感動してます……と思ったら、一心不乱に食べ始めました。さすがスイーツの女王です。

あっ！　とうとうブルーベリーに手を出した！　目を伏せる、カッと見開いた！

「これっ！　初めて食べるわ！　イチゴとは違う味だわ！　すごいわ！」

「料理長、ヤバい早さよ！　次を！　次を焼かないと！　お母様がっ！」

「へいっ！」

お母様のスイッチが入ってしまいました！

もはや、何から何までおかしいけど、構っていられないことだけはわかりました。料理長はメレンゲの大鍋とタネの鍋を往復して持ってくると、サックリ混ぜて焼き出しました。一度見ただけで作れる料理長はカッコイイです。

お母様が満足するまで、私は食べられそうにないな……そう感じました。

あれからどれだけ焼いたのでしょう……お母様は、ポトフよりフワフワパンケーキでお腹をパンパンにしました。それも、ものスッゴい勢いで。

時間にして三十分は食べ続けていたと思います……高速で……最終的には料理長だけでなく、私も焼いてましたから。もちろんその後に私もパンケーキを食べましたけどね。お母様ったらわんこそばのようにパンケーキを食べてました……タマとトラジの発言に対しても……

「ノエルがくるにゃ！」

「いっしょにフワフワたべるにゃ！」

この発言を聞いた瞬間に、お母様はピタリと動きが止まり、どす黒い微笑みでタマとトラジを見ると……こう、聞いたんです……

「ノエルの主だけが一緒かしら？」

ヒィイイイィ！　お母様ったら、お父様が来るかどうかを聞いてるぅぅぅ！

「ちがうにゃ！　たくさんいるにゃ！」

「そうにゃ！　主のおと……おとにゃまたちがいるにゃ！」

トラジ……お父様って言えずにおとにゃまって……可愛すぎるでしょ！

え？　お母様？　お母様は食べかけのパンケーキを目にも留まらぬ速さで完食しました。

「エリーゼ、私……疲れましたから、早々に休みますわ」

そう仰って、ご自分の馬車に戻られました。

私には疲れの前に『食べ』の文字が入った気がしました。そんなぁ……私、お母様とお父様のお話聞きたかったのに……仕方ありません。

そしてチラッと見た腹部はポッコリしてました。

うん、食べ過ぎてますよね……お母様は女のプライドで、お父様にお腹ポッコリ姿を見せないために馬車へと急いでいったのです。そうとしか思えません。

エミリも一緒に消えましたが、エミリは食べていないので、戻って来ると思います。

焼きかけてたパンケーキは私と料理長で四枚ありましたが、タマとトラジにせがまれるままお皿に載せて盛り付けると、両前足にお皿一枚ずつ持ちさらにフォークをお皿に載せてトタタタッと走り出しました。

その後ろ姿を見れば、一目瞭然です。ルークとノエルに向かっていきました。

お皿を差し出し、受け取ってもらうとその場で小躍りして嬉しそうです。

「お嬢、あの分じゃあまた大急ぎでいるかな？」

「さあ……でも、料理人たちも後ろにいるし、任せてもいいかしら？　もちろんメレンゲが必要なら作るわよ」

うん、足りなくなりそうだものね。まだ食べてない人たちもいるしね。

でも料理長は首を横に振って、ジッと料理人たちを見つめました。

「俺はあいつらを信じてる、あいつらも日々成長している。撹拌《かくはん》もできるようになってきた。お嬢じゃなくても作れるはずだ。だから大丈夫だ」

料理長……！　男らしい!!　カッコイイよ！

パンケーキを食べ終わったノエルが大喜びで空のお皿を高く掲げて、小躍りし始めた。三匹揃って小躍りする。

ルークはこちらを見て、手を振って笑う。私は手を振り返して、笑顔を浮かべる。

ルークとノエルはパンケーキを食べてから、ポトフを食べてまたパンケーキを食べるようです。

なぜ『ようです』と言うと思います？　それは、私がタマとトラジを置いて馬車に帰るからです。

なんて言うか、タマとトラジは好きにさせても大丈夫な気がするのです。

「ルーク、私……お腹もいっぱいですし、疲れたので先に失礼して休もうと思ってます。タマ、トラジ、あなたたちはノエルと一緒にいていいわよ。眠たくなったら馬車に帰ってらっしゃい。アニス、行きましょうか」

アニスはニコニコしながら無言で頷くと、私のすぐ後ろにやってきた。

ルークは仕方ないって顔で頷いて、私とアニスに微笑んだ。

タマとトラジは私とノエルを交互に見て、小さくウニャウニャ何か相談してます。コクコクと頷き合うと二匹揃って私のすぐ側に来て、クイクイと武装の裾を引っ張る。

「いいのかにゃ？　ノエルといていいにゃ？」

「ノエルといっしょにいていいにゃ？」

二匹揃って裾クイとか可愛い〜！

「よく夜明け前に一緒にいるでしょ、たまには夜に一緒にいてもいいと思うのよ。野営地の中限定、約束よ」

「わかったにゃ！　ありがとにゃ！」

「うれしいにゃ！　ありがとにゃ！」

二匹は嬉しそうにまるで笑うような顔をすると、ノエルの元へと小走りで行きました……後ろ姿も、滅茶苦茶可愛いわね。尻尾もふりふりしてて……

「じゃあ、先に失礼するわね。お休みなさい、ルーク」

「あぁ、お休みエリーゼ」

「お先に失礼いたします」

私がルークに挨拶をするとアニスもルークに一礼して挨拶をした。その後、アニスとともに馬車へと向かう。

すでに横になれるように支度してある馬車の中へと進み、ゴロリと横になるとスゥ……と瞼が重くなってきた……

「エリーゼ様、お休みなさいませ……」

アニスが私の横で肘をついたので、なんとなく勢いでそのままハグをした。

「もう……エリーゼ様ったら!!」

口では怒ってましたが、嬉しそうでした。誰かの体温ってホッとする……

うん……ホント……も……ムリ……

「お休……み……」

あっさでーす！　昨晩はガッツリ寝落ちでーす！

団子です！　気がつけば団子状態です！　みっちりくっつきまくって寝てました！

せっかくの温泉だし、朝風呂を楽しみたい！

体を動かしたら、皆モゾモゾと起き出してしまいました。

「おはようございます、エリーゼ様……！」

アニスのどアップです！　寝てたと思ったのでビックリです。

「うん、おはよう」

……なんで期待に満ち満ちた眼差しで見るかな？　アニスよ……仕方ないね……チュッと軽く額にキスするとニヘラと笑って体を起こしたアニスは、可愛いと思う。あどけない少女のように笑っちゃって、でも親しい人との軽いキスって、いかにも西洋人ぽくていいと思っちゃうのはダメかしら？

「主……おはようにゃ……！」

「おはようにゃ……」

タマとトラジはなんだかまだ眠そうです。でも、ここは心を鬼にして……

「おはよう。私、温泉に行こうと思っているのだけど」

私のたった一言で、皆シャッキリ目が覚めたようです。

「賛成ですわ！　エリーゼ様！」

「ついてくにゃ！」

「いっしょにいくにゃ！」

アニスはガバッと起き出し、タマとトラジは耳と尻尾をピコンッと立ててます。現金ですね。

さて、皆で朝風呂に行くことになりました！


さて、朝も早くから温泉に一直線です！　朝ご飯？　そんなの後、今はお風呂が大事です！

あっ！　でも、朝ご飯用の食材は置いていきます！

「エリーゼ、早いな。どうした？」

まさか、こんな時間に四阿《あずまや》でルークと会うとは思ってなかった。

「今から、朝風呂よ！　せっかくの温泉だもの、朝の清々《すがすが》しい空気の中、浸かってこようと思って」

「タマにゃとトラにゃもいくにゃ？」

「もちろん、いくにゃ！」

「主といっしょにゃ！」

タマとトラジは嬉しそうです。

「主……ノエルもいっしょがいいにゃ……」

「主……ノエルといっしょがいいにゃ……」

………仲良し！　なんて可愛いの！　そんなの許すに決まってるじゃない！

「もちろん、ノエルと一緒でいいわよ。ルーク、ノエルを借りるわね」

ルークはなぜか悔しそうな顔で、ノエルを見ると渋々頷いた。

「クソ、俺も行くのに……けしからん………エリーゼ、ノエルは甘えん坊だが頼む」

なんか最初小さい声でブツブツ言ってたけどスルーです！　ノエルが甘えん坊なのはわかったわ。

「頼まれたわ！　ノエル、温泉は一緒に入りましょうね」

「はいにゃ！　タマにゃとトラにゃとはいれるにゃ！　うれしいにゃ！」

三匹が輪になって踊り出しました！　可愛いです！　そしてボソボソと聞こえる「喜びの舞だ」の単語に『？』が浮かぶ……なぜに喜びの舞とか言うのか……まぁ、いい……そんなことは後で馬車の中ででも聞けばいいことよ。

ささっと行って食材も置いた！　ルークとノエルも一緒！　じゃあ、出発だ！

と言ってもすぐに湯の山温泉の入り口なんですけどね！

トコトコと馬車の合間をぬって、入り口に辿り着こうとしたときでした。

「あら？　あらあらあら……貴方たち、今から温泉に行くのかしら？」

後ろから誰だっ！　ってお母様ですけどね。ニッコリ笑顔で振り返って見たお母様……なんということでしょう！　昨日最後に見たお母様のポッコリお腹は影も形もありません。いつものスッキリペッタンなお腹に戻っておりました……脅威の復元力……！

……気のせいでしょうか、エミリがやつれて見えます。でも追及してはいけない気がする！　ここは全力スルーよ、エリーゼ！

「はい、朝食前にさっぱりしたくて。お母様も、ご一緒にいかがですか？」

ここは淑女として、誘わなければいけない場面！　お母様の『よくできました』の笑顔です。それに聞きそびれたお話も聞きたいですしね！

「ええ、私も行こうと思っていたところなのよ。一緒に行きましょう。ルーク殿下もよろしいですよね」

「もちろんです」

まさに正しいやり取り（笑）！

人もまばらどころか、ほとんどいない状態で、お店は閉まっています……開店前だと丸わかりです。

迷うことなく温泉宿に入り、ブーツを脱がせてもらいドンドン進み……

「まぁ！　ジークフリート殿下。ジークフリート殿下も今から温泉ですか？　私たちもですのよ」

偶然出会ったジークフリート殿下にお母様が声をかけた。

「は……はあ……！」

歯切れ悪っ！　バカか！　バカだったわ！　もう少し、言いようがあるでしょうが！

「きのうみた、ちい……」

「ノエルッ！　ダメだっ！」

「にゃっ……？」

うん？　ノエルは今、何かおかしげなことを言いかけた？

「ノエル、何か言った？」

「エリーゼ！　ノエルの発言はソッとしておいてくれ！」

「ルーク殿下、私も『ちい……』には興味がありますの。ぜひともノエルの言葉の意味が知りたいと思ってますのよ。ホホホ……」

ちょっ！　お母様！

「ルーク、アキラメロン」

とりあえず言っておく。

「くっ‼」

ルークの苦しそうな顔とジークフリート殿下の泣きそうな顔。

なんとなく察することはできるけど……真実はいつもひとつ！　って昔、よく聞いた！

ちっとも要領を得ないしルークは渋い顔をしている。

これはマズいことに違いない。

「まあ！　まあまあまあ！　ホホホ！　ノエルちゃん、そのようなことは言ってはダメよ。ね」

「わかったにゃ」

とりあえずノエルが素直なので助かったかしら？

それにしてもお母様……わかってて真っ黒な笑顔で言われても説得力ありません。

「えっ……と、よくわかりませんが、その……気落ちなさらずに…………では、私は失礼いたします。タマ、トラジ……ノエルも行きましょう。ほら、お母様も」

歩き出そうとしたときでした。

「主はひとなみっていわれたにゃ！」

ノエルっ！　爆弾投下したらダメッ！

思わず立ち止まってルークを見てしまいました……その、股間を……

「おおきいヒトたちがいってたにゃ！　主はひとなみにゃ！」

大きい人たちって、お父様とお兄様たちのことね……

「えーと……人並みなのね……その、えーとまぁ、身長って大事よね。ねっ！」

わからないフリをします！　私のライフはほぼ0よ！

……それにしても、人並みかぁ……いや、いかんいかん！　下品過ぎるでしょう！　でもでも！

あ～朝っぱらからぁ～！　悶々としながら、女湯の暖簾《のれん》を潜りました。

「ノエル……あのヒト」

「タマッ！　聞かないのっ！」

「……」

思わず慌てて止めました。

「ゴメンにゃ……でも主、しんちょうってなんにゃ？」

少しションボリしたタマに聞かれたのは、身長のことでした。

「身長っていうのは背丈のことよ。私とお母様だと私の方が大きい人でお母様が小さい人。お父様と私だと私が小さい人。わかるかしら？」

なんとかわかりやすく説明してみる。コテンと首を傾げたタマが可愛くてキュンキュンします。

「わかったにゃ！」

「ボクもわかったにゃ！」

タマとトラジが嬉しそうにピョンと跳ねてますが、ノエルだけが不思議そうな顔をしてます。

うん、なんとなく言いたいことはわかるけど聞かないで。

女湯の脱衣所に到着しました。

「ほら、お風呂に入るから、三匹とも脱ぎ脱ぎしましょうね」

私がそう言うと三匹とも大人しく返事をする。

「「「はいにゃ！」」」

タマは万歳をして、私の前で大人しく待っている。チャチャッと法被《はっぴ》を脱がせて折り畳み、首のバンダナを外す……と同時に「クリーン」の魔法をかける。

「はい、タマはいいわよ。トラジ」

トラジも私の前に来て万歳して待つ。私はタマと同じようにする。

「ノエル、いらっしゃい」

ノエルはタマとトラジの真似をして、私の前で万歳をした。

同じように脱がせてバンダナも取り、「クリーン」もかける。

「準備万全ね、私も脱いじゃうわね」

さっさと脱ぎ、素っ裸になった。朝の冷えた空気に早くお湯に浸かりたい気持ちが強くなる。

「主とちがうにゃ！」

うん、ノエルのご主人は男だからね。体つきは違って当たり前です。

「主のポヨンポヨンはきもちイイにゃ！」

「そうにゃ！　ノエルにポヨンポヨンのきもちイイをしってほしいにゃ！」

うん、タマとトラジ……何、言ってる。

「いいから、入るわよ」

お母様たちはすでに行ってしまって温泉に浸かってます。

アニスがブルーな顔でにゃんこたちを見つめている……何かがアニスのコンプレックスを刺激してることは間違いないです。

「気持ちいい……」

アニスの呟きが怖い！

聞かなかったことにして、歩き出します！

掛け湯を行い、クリーンの魔法を自分自身にかけます！　汚れたまんまで浸かる気はありません。

マナー違反です！

にゃんこたちはすでにキレイなので、さっさと掛け湯をして温泉に送り込みます。

「アニス、私はアニスのは可愛くていいと思ってるけど、アニスは嫌なの？」

形もキレイだし、色とかも初々しくていいと思うから、気にしなくてもいいのよ。それに、前世なら標準サイズよ。

「本当ですか！　エリーゼ様がいいなら、いいです！」

一発でアニスの機嫌が直りました！　よかったです！

ふたりで温泉にザブザブ入り、並んでゆっくり肩まで浸かる。パチャパチャとネコかきしながら三匹が寄ってくる。

「主、ノエルにも主にキュッキュッさせたいにゃ……」

うん？　タマが神妙な顔でお願いしてきた。キュッキュッて昨日のアレ？

「そうにゃ……ノエルにも、ママにゃをおもいだしてほしいにゃ……」

やだ、トラジったら……そっか、ネコのフミフミはお母さんの授乳を思い出す行為だっけ？

タマとトラジからしたら弟分のノエルにも思い出させたいのかな？

「いいよ、ノエル。おいで！」

ノエルがパチャパチャ近寄ってきたのを、軽く抱きしめるみたいに寄せてノエルの頭を胸の上に来るように固定する。ノエルはクリクリの瞳をキラキラさせて、私を見上げるとソオッと私の胸をキュッと押した。

「フワフワにゃ！　ママにゃみたいにゃ！」

嬉しそうな声を上げて、キュッキュッと胸をフミフミするノエルはまさに赤ちゃんのようだった。

「タマちゃん、トラジちゃん、こっちにいらっしゃい」

お母様が私よりデカいお胸をプカプカさせながら、ゆっくりお湯から出ずに移動してきました！

エミリも経産婦らしい豊かなお胸です！　アニスの立場なし！

ウソです！　ゴメンなさい！　タマとトラジはお母様たちに近寄り、ホールドされました。

「まあ！　子供たちが小さい頃みたいだわ！」

「まったくですわ！　フェリシア様、おっぱいをあげてたときを思い出しますね」

嬉しそうな熟女トークに、そうか授乳するときはこんな風なのかと考える……大きさも似たようなものだろうしな……

カリッ！

「キャッ！　いっ……たぁ……」

ノエルがフミフミしながら乳首を噛みました。

「ノエル、そこはダメッ！　ほら、離して……んっ！　もう！　ママじゃないからお乳は出ないのよ！」

――カラーンッ！　ガラガラガラ――

ん？　男湯煩《うるさ》いわね。

「うにゃんっ！　ごめんなさいにゃ！　ごめんなさいにゃ！」

「そんなに謝らなくてもいいわよ。キュッキュッするのはいいけど、ここを噛んだり吸ったりするのはダメよ」

私を見上げるノエルの瞳がウルウルしてるけど、ダメなものはダメと言っとかないと！　お乳は出ませんから！

「わかったにゃ……きをつけるにゃ」

そう言うと、コテンと頭をパイに載せてフミフミを再開しました。

本当に甘えん坊です。可愛いです。ただ、男湯が騒がしい……なんだというのでしょう。

ゆっくり朝風呂を楽しんでから、女ばかりで喋りながら温泉を出る。

しっかり温まったことで、血流もよくなった気がする。

ニャンコたちもドライで乾かし、私たちもドライで髪を乾かしたので頭から冷えるなんてこともない。

さすがに朝なので、サングリアに引っかかることもなく野営地に戻った。

なぜか今回も男性陣はいなかった。

ルークは出てると思ったのにな……まぁ、いっか！　野営地で合流できるでしょ！

ちなみに三匹は仲良く前足を繋いでいるけど、なぜかノエルが真ん中です。

「フフッ……あぁしていると、思い出すわ」

「そうですね」

お母様とエミリが楽しそうです。

「母様、なんの話ですか？」

あ～アニスが聞いちゃった……

「エリーゼが小さい頃、あんな風にキャスバルとトールと一緒に階段を上り下りしたのよ」

お母様が懐かしそうに言っています。

「階段だけではありません、廊下もお庭もです」

エミリも懐かしそうに言ってます。

「へぇ～エリーゼ様が……ですか。私も見たかったです」

「それは無理でしょ……そう……そんなことがあったのね……」

私、本当に家族に愛されてる！　そんな覚えてない頃から可愛がってもらって！

子供の頃だけじゃない。今、私が身に着けてる物ひとつとっても高価な物ばかりで、到底妥協なんて考えたことないものばかり……なんか、可愛い三匹を見ながら考え事してたら階段を下り終わったわ。

「朝食、楽しみですね！」

「あ～そうね」

そういえば、キノコを山盛り食べたくていっぱい出したっけ。それにカボチャとボアの肉と卵にパン……てんでバラバラだな……どうなってるかな……

……うちの料理長はすごかったです！　キノコの油炒めにカボチャのポタージュ、焼きボア塩味にスクランブルエッグができていました！

美味しかったです！　おっと、ルークは先に帰ってました！

ノエルは四本足で走って、待っていたルークに飛びついてました……わかりやすい愛情表現です。

見ていて嫉妬どころか、ホッコリしちゃいました。なんで、あんなに癒し系な画《え》づらになるのか……ニャンコとは不思議な生き物よ……

いつものごとく、ルークとニャンコたちとで朝食をとっていました。

「エリーゼ、食事中に済まない」

あれ？　お父様、どうしたのかしら？　いつになくシリアスなお顔だわ。

私は慌てて残りわずかな朝食を済ませてしまう。

「いいえ、お父様。どうかなさったの？」

「今日の夕方前になるだろうが、街道が分かれる手前で野営することになる」

街道が分かれる？　なんのことかしら？　そんな話は初耳だわ。

「でだな、先々のことを考えて、今までの物より大きい四阿《あずまや》とコンロを作ってもらいたい。できれば今までの倍の数を作ってもらいたいのだ」

お父様の真顔にコクリと頷く。

「倍……ですか、問題はありません……ですが理由を聞いても？」

何かしら意味があると思うし……

「街道は今まで使っていた道と新しい道とに分かれる。合流地点になる場所で使い勝手のいい野営地を作っておけば、利用する者は大いに助かるだろう。移動中に領主隊後方支援部隊が馬車の中で造っている強めの魔物除けも、二カ所ある合流地点のためだ」

……この先……この先はもっとも遠い王家直轄地……何かある？　あった？

どちらにしろ、理由がきちんとある。それだけではない、おそらく同道している王家討伐隊の目的地もそこだ。お父様が苦々しいお顔をしていることも、何か関わっている……関わっていた……か。

旧街道と新街道……そこに何かがある、けど私たちには関わり合いはない。

だが、街道利用者のためにもきちんと休める場所が必要。それこそが私の作る野営地の設備であり、領主隊の後方支援が作る強めの魔物除けか……

「わかりました。ならば倍と言わずコンロを八基、それらを余裕で覆う四阿《あずまや》を作りましょう。それこそ柱の数を多くすれば、天幕用の革を柱に付けて大型の天幕代わりの休憩所にできるでしょう」

お父様はビックリした顔で私を見ると、私の提案を理解したのかニヤリと笑い、グリグリと私の頭を撫でた。もう！　髪が乱れます！

「頼む」

短い一言だけど、本来なら「頼む」でなくてよいはず。なのに、娘である私に頼むお父様。

お父様は本当に立派な方なのだとわかる。私が嫌々やらないように、気遣ってくださる。これこそがお父様の本当の価値なのかもしれない。

「もちろんですわ。お父様の期待に添えるよう、精一杯作らせていただきます」

……私はもしジークフリート殿下と婚姻したら、側妃となるふたりとともにこの塩街道側を発展させようと話し合ってきた。

ひょっとしたら、私たちの計画に気がついていたのだろうか？　ふたりとも塩街道側の貴族家というのも輿入れ理由のひとつだった。

シュバルツバルト領から王都までの街道は山脈側と海側の二本。この海側の塩街道を帝国商人や商隊は使わない。それは山脈側の方が商売するのに都合がよかったから。

そのこともあって、塩街道側の貴族たちは苦労していた。

もっぱら使うのは塩を運ぶ者や我が家や寄子貴族の者たちと塩街道側の貴族家ばかり。もっと発展していてもいいのに、余りにも冷遇されていた。

ジークフリート殿下もこちら側の貴族家の苦労を知ってくれればいいけど、多分理解できないのでしょうね……ご自分に都合のいいことしか見たくない方だもの。

「エリーゼ、どうした？」

「……なんでもありませんわ。ルーク……朝食、美味しかったわね」

思いっきり誤魔化してしまったわ。ごめんね、ルーク。

「そうだな、美味しかったな。ま……無理すんな」

「ありがとう。では、また、後でね」

「おう！」

いつもの笑顔で返してくれて少しだけホッとする。

そう言って手をヒラヒラと振って、離れていった。ルークと手を繋いで歩くノエルが子供に見えて仕方ないけど、私もタマとトラジと手を繋いで歩いたら親子っぽく見えるんだろうな……

私も馬車に戻っておこう……考えるのは馬車の中でもできるもの。

そして私はアニスと一緒にタマとトラジを連れて馬車へと歩き出した。


馬車に戻り、考える。

この先の地のこと、王都とシュバルツバルト領の間にある王家直轄地。

立地的にはちょうど真ん中辺りになるのか？　日数的には、そうだ。

王家直轄地……大地は開墾《かいこん》すれば、実り豊かになりそうなところと潮風が当たる一部の土地、塩街道……集落は小さな村が点在しているが、塩街道側には町が何カ所か在《あ》ったはず……

ガタン……ギッ……

考えてる間に馬車が動き出した。とうとうこの温泉地とも離れる。

魔法で軽く体を浮かし、クッションが幾つも置かれた背もたれに上半身を預ける。

「エリーゼ様、何か心配事でもありますか？」

「あぁ、アニス。心配事ではないわ。今日中には王家直轄地に着くらしいのだけど、直轄地に入らずに手前で野営するとお父様に言われたのよ」

アニスの心配そうな顔に、安心させたくて今朝の一幕を教えた。

「王家直轄地……そういえば、噂がいろいろありましたね……」

噂？　嫌な予感しかしないけど、聞いておくべきな気がするわ。

「何かしら？　教えてちょうだい」

アニスは少し考え込んだけど、しっかりと私を見て話し出した。

「王都から職人が何人もどこかへ出稼ぎに行った。どこかに新しい都を造ってる。塩街道よりの貴族たちが集まって何かを企んでいる。シュバルツバルト領からも多くの職人がどこかに出稼ぎに出てるらしい。多くの物資がどこかに運び込まれている。私が聞いたのは、そのくらいです」

「十分よ」

王都からもシュバルツバルト領からも職人が集められていた。そのための物資も多かった。これだけで多くの者が、どこかに集められていたと考えられる。

後は塩街道よりの貴族、これは情報を聞きつけた貴族が塩街道のどこか？　を探ったのだろう……そこが王家直轄地ならば……ちょっと考えれば、国王陛下とお父様が結託して何かを成そうとしていたと考えられる。

……もし……もし、私がジークフリート殿下と婚姻していれば……

ちょっと足りない殿下を王宮から追い出し、私とともにシュバルツバルト領にもっとも近い直轄地を与えてしまえば？

王家にとっても、シュバルツバルト家にとっても都合がよかった？

賢い国王陛下ならば、私が側妃となるふたりと結託して、塩街道の発展を考えていたのを知っていたかもしれない……

以前のエリーゼの記憶を掘り起こせば、あのふたりはどちらも塩街道よりの貴族家。知恵も意欲もあるのに、領地に住まう領民になかなか豊かな思いをさせられない辛さを嘆いていたわ。

もっとも嘆いていたのはアンネローゼだけど……

でも、そうね……陛下とお父様が殿下と私たちの先行きを考えていたのならば、直轄地で新たな暮らしはいい案だったでしょうね。殿下にとっても、王宮で燻《くすぶ》ってるより少し離れた地でのんびり暮らす方が合っていたでしょう。

そうね……それこそ、殿下は愛妾《あいしょう》となった男爵令嬢を抱えたまま、こちらに来れば楽しい人生になったかもしれない……

「フフッ……バカな人……」

思わず嘲笑が漏れる。

「エリーゼ様？」

「なんでもないわ。あまりにも愚かだと、わざわざ歩きにくい道を選ぶのかしら？　と思って」

キョトンと私を見つめるアニスの頭を撫で、クスクスと笑う。私も愚かだったけど、あの人はさらに上をいく愚かさだった。

グイッとアニスを抱き寄せる。大人しく座っていたタマとトラジも手でクイクイと近寄らせ、一塊《ひとかたまり》になる。

「こうしてると温かくて幸せだわ。ねぇ、しばらくこのままでいてちょうだい」

一瞬想像した、寒々しい消えた未来図に囚われた私の冷えた心を温めて……

軽く目を閉じ、王都を出てから見てきた人たちを思い起こす。もう一方の街道の賑やかさを知っていれば、こちらの街道の寂れ具合がよくわかる。

口火を切ったのは殿下だったけど、便乗して逃げたのは私だ……アンネローゼとミネルバのふたりには協力する、と言ったが……私にできることがどれだけあるのだろう……

いや……考えれば考えるほど、ドツボに嵌まっていく気がする……

……やめだ！　考えるのはやめだ！　今、考えたところでいい結果が出せるわけもない！　この先、殿下が王都に戻ってあのふたりと婚姻してからだ！

ただ……アンネローゼがなぁ……なんで、あんなに性格キツいのかなぁ。名前からするイメージはすごく優しげで儚《はかな》げなのに……見た目だって手弱女《たおやめ》って感じなのに……根っこがあれだけキツいと、付き合うのもなかなか大変だと思うのよね。

逆にミネルバはおっとりしてるというか……だからこそ、あのふたりは上手くいってたのかな？

いや、待て、あのふたりはお母様の信者だった。見た目で判断ヨクナイ！

多分、あの男爵令嬢はアンネローゼから注意されまくるだろうな……なんだっけ…………マリ……マリアン……ナ？　ヌ？　マリアンヌだ！　あの子、ちゃんと支度できたのかな？

できるわけないか！　一ヶ月でドレスからお飾り、靴に下着に部屋に置く調度品……そのほか諸々。それこそ部屋自体カスタマイズできるはずだけど。

ほぼ一切合財《いっさいがっさい》持ち込みだもの……しかも王室典範に則った品物から揃えていかないとダメだしね。

王室典範に則ったドレス姿を見て「地味」とか「飾る気がない」とか、あのバカ王子はグチグチ言ったけど、王妃殿下も同じ色味だろうが！　と何度思ったか……嫌だわ……つまんないこと、思い出しちゃった。多分、今日の野営地も被るだろうな……

……あら？　馬車が止まったわ。

「エリーゼ様、ここでお昼にするみたいですよ！」

ソッと体を起こしたアニスが窓の外をチラチラ見て言いだした。

お昼ご飯は軽くていいな。だってそんなに時間たってないもの。

うどん食べたい……鰹節もあるし、具も……なんか野菜と肉でいいかな？　いや、待て……確か、我が家の倉庫にあった魚介類も持ってきてた！　これは無限収納見てみないと！

……あったぁ！　大アサリ……ハマグリ(大)……大シジミ……デカイのばっかりある！

ハマグリ食べたい！　大きくてもいい！　ハマグリのうどん！　美味しそう！　農場から移した青菜……水菜がある！

よし！　ハマグリと水菜のうどんにしよう！　平打ちのパスタ麺あるし、あれをうどん的な扱いで食べよう！　それだけだと、足りない人が絶対いるから王都で買った肉を放出しよう！　まだまだ角ウサギとか山盛りあるし、あれを焼いてもらえばいいかな。

食後には……ミカン出すか……八丈島で収穫したけど、量が結構あるし、ひとり一個か二個は行きわたるでしょ。

馬車がソロソロと動き出して、いつもの野営のときの定位置に止まるのをぼんやりと見ながら待つ。

いつものように四阿《あずまや》を作り、コンロを設《しつら》える。慣れたので早いですよ！

この数日で使う大鍋の数はだいたいわかったから、よく使う鍋類は馬車に積んである。

コンロの傍《そば》に作業台兼テーブルとして石造りのテーブルも作っておく。

テーブルの上に料理人たちが大鍋をどんどん置いていく。その中にハマグリ（大）を入れて……結構な量のはずだけど、収納量からは大して減ってない。

それにしてもハマグリの大きさが大アサリと変わらないとか……食べ応えあり過ぎでしょう！これだけ大きいと網焼きで食べたいサイズ！

よくよく考えれば、王宮に回す分だったのかも……量がおかしい。

まぁ、いいや……でも肉類ばっかりで飽きてきたところだし、この辺で一気に魚介減らすかな？討伐隊も隣接しちゃってるみたいだし。

……わずかに……隙間から見える討伐隊は、もはやくっついてるとしか言いようのない距離になってる。

キョロキョロと見回すと、お父様とお兄様たちが渋いお顔で話し合ってるのが見える場所にいた。

ドサドサと水菜を出し、平打ちのパスタ麺（乾麺）をドバドバ出しておく。

肉も置いておく。必要そうな物もササッと置いて、料理長に簡単に説明しておく。料理長とはすでにツーカー的な仲になった、打てば響く！　とはこのことか！　と言わんばかりだ。

私の簡単な説明で、キチンと作り上げる料理長は素晴らしい！　としか言いようがない。その料理長の周りで三匹がエプロン姿で一緒にフンフンと頷きながら聞いてる姿もセットになりつつある。

もはやトラジは料理長の一番弟子のようだ。料理人たちからも尊敬の眼差しで見られている姿は、直視できない……なんだか気恥ずかしくて……

料理長とトラジが力強く頷き、料理人たちとタマとノエルが熱い目で料理長とトラジを見つめる……うん、任せておこう！

私はお父様たちに話をするために近付いていくと、お父様が気がついたのかデレデレした顔になってきた……それに気がついた、お母様たちがゆっくりと移動を始める。

結局、家族全員とその側近と侍女が集まった。今、この場にいないのはアニスだけだけど……

「何かありましたかっ！」

駆け込んできました、間に合ったようで何よりです。

「エリーゼ、何かあったのか？」

お父様に聞かれ、お顔を見つめる。うん、不機嫌じゃない……とりあえず言ってみよう。

「いいえ、何かあったわけではありません。隣接する討伐隊に魚を差し入れたいと思っています。いけないでしょうか？」

ちょっとだけ渋いお顔になったお父様は格好いいです！　渋格好いいです！

「なぜか聞いても？」

「収納している量が多いので。王宮に回す分がそっくりそのまま倉庫に保管されていたのではないかと思って」

ハッ！　としたお父様のお顔に、やっぱり……としか思わなかった。

「失念していた……領地に帰れば、好きなだけ食べれるし、取っておく必要はないな。多いものなら、分けてもいいだろう。ルークと行くか？」

そんなこと聞かれても困りますよ、お父様。キャスバルお兄様にお願いしたいです。

「キャスバルお兄様はあちらに、お知り合いの方がいらっしゃるのですよね？」

ルークにはコンロに付いていてもらいたいから、ダメ！

行くなら討伐隊から熱視線浴びまくりのキャスバルお兄様がいい。キャスバルお兄様が注目される分、私が目立たなくて都合がいいのよね！

「確かにいる、シュタインか。荷物を何人かに持たせていくか」

「そうですね、あちらで出すのは憚《はばか》られますもの」

「エリーゼ、平気なの？」

お母様が心配そうなお顔で私の様子を窺《うかが》う。

平気って何かしら？　気持ちかしら？

「平気ですわ。今朝のやり取りでなんとなくですけど、気にならなくなってきましたの」

今まで気にしたことは余りなかったけど、今朝のやり取りで本当に気にならなくなった……なんというか、残念な親戚の子くらいな位置付けに落ち着いた気がする。

「小さいヒトだからかしら？」

ボソリと言われましたが、乗りませんよ。

「いえ、そのせいではありません（キッパリ）。身長うんぬんとか、どうでもいいです」

お母様はなんてツッコミ入れてくるのかしら？　即答で返してしまったわ。

「とにかく、その話は止めましょう。キャスバルお兄様、何人か連れてきてください。私も渡す物を出したいですわ」

「わかった、ちょっと言ってこよう」

キャスバルお兄様がレイと一緒に行ったところで、空いてるテーブルに移動する……なぜか、お父様たちも一緒です。

無限収納のリストからかなり量のある魚を探す……桁違いに多いヤツいた！

とりあえず一匹出してみる。あ～焼き魚で出されてたヤツだ、うん、これたくさんあげよう！

三十センチくらいのマスっぽい魚はクセもなくて食べやすかったのを覚えてる。串焼きにでもして食べたらいいんじゃないかな？　串……向こうはないかもなぁ……チラッと料理人たちを見ると、一通り作業は終わったようだ。

ん？　視線？　視線の元に目を向けると料理長でした。ハンドサインが来ました！

料理人……こっち……行かせる？　かな、わかりやすい！　私もハンドサインを出します！　料理人……そっち……カモン！　料理長、両手で○のサインを出すと料理人たちに何か言ってます。

料理人たちがやってきました！　ハンドサイン便利！

「お呼びだと聞きました。どうされましたか？」

「魚に串を打ってほしいの、頼めるかしら？　それと軽く塩を振ってちょうだい」

料理人たちはニカッと笑うとコクコクと頷き合って私を見た。

「もちろんです。どうぞ、お出しください」

テーブルの上に魚を山積みにして塩を置く。串も魚と同じ数だけ出した。

なぜ、串があるかって？　串も箸も八丈島で量産したのでたくさんありますよ！

ついでに大きい籠をふたつほど出します！　これなら大人《おとな》数人掛かりで運んでいけます！

料理人たちがじゃんじゃん串打ち作業をして籠の中にどんどん入れてくれます！

「エリーゼ、さすがだな。この魚が全て籠に入ったら、持っていくのだね」

戻ってきたキャスバルお兄様がレイを従えて立っています。もちろん、数人の隊員が後ろに控えています。

「はい。そちらの方々がお持ちしてくださるのね、よろしくお願いします」

「「「はっ！」」」

うん、いい返事でございます～！　鮎の串打ちと違って魚に真っ直ぐぶっ刺すだけなので、早いですね。

「エリーゼ様、終わりました！」

「ありがとう。じゃあ、キャスバルお兄様行きましょうか。皆さん、よろしくお願いします」

「「「はっ！」」」

ひとつの籠をふたり掛かりで持ってくれています。

歩き出した私とキャスバルお兄様の後を付いてきてくれます。

……うん、本当に隣接してました！　そして豪華な天幕がうちの野営地にもっとも近いところにひとつだけ張られてます。てか、休憩用に天幕張らすなよ……あのヘッポコ王子……まぁ、お母様の馬車が一番近いから私的には安心だけど。

「シュタイン、面倒かもしれないが、この魚をこちらで食べてもらいたい。焼くだけの状態にしてきた」

「キャスバル様、ありがとうございます。なかなか、このような物を食べる機会はないので嬉しいです。おい、受け取って早速焼いてくれ」

キャスバルお兄様とシュタイン隊長、かしら？　ふたりの砕けた会話に、なんだか微笑ましいと感じる。……あのヘッポコ王子は近付いても来ない……ラッキー！　あのシュタイン隊長？　キャスバルお兄様と仲がいいなら、笑顔を安売りしてもいいかなぁ……

「余り面倒にならないようにしてから、お持ちいたしました。私たちは海に近い領地に帰る身ですから、お魚を大事に持ち歩いているのもどうかと思いまして。食べていただけると信じてお持ちしましたの」

「おぉ！　エリーゼ様、ありがとうございます。焼くだけとは、ありがたい！　魚は贅沢品になりましたから、本当に嬉しいです」

にこやかにやり取りが進んで、無事受け取ってもらえた。

……って贅沢品になった、かぁ、なんでもかんでも高くなったみたいで、生活しにくそうになったなぁ……王都。

「喜んでいただけて何よりですわ。キャスバルお兄様、そろそろお暇《いとま》いたしましょう」

「そうだな、シュタイン……健闘を祈る、無茶はするな。そうだな……また、うちに遊びに来てくれ。今度は家族全員でな」

キャスバルお兄様ったら、爽やかな笑顔で言ったわぁ！

「籠をお持ちいたしました！　ありがとうございましたっ！」

あっという間に返された籠は、持ってきてくれた隊員が受け取ってくれました。

私たちは野営地に向かって歩き出す。

背後で魚を喜ぶ兵士たちの声を聞いて、うちも焼こうかな？　などと思ってしまったのは内緒だ。


うちの野営地に戻ってまいりました！　お腹がいい感じで減ってきました！

「キャスバル様、少し……！」

おっ！　レイは気配を消して、籠持ちの人たちの後ろにいたんだよね！

キャスバルお兄様はレイに腕を引っ張られて離れていきました！　野営地に戻ってすぐに消えるとか、さすがですね！

「キャスバルお兄様とレイのことは気にせず、食事にしましょう。あれほど喜ばれると、私もお魚が食べたくなりますわ」

「あぁ、久しぶりに食べたくなりますね！　なんと言っても故郷の味ですから！」

籠持ちリーダーらしき人が返事をしてくれました！

うーん……何がいいかな～？　リストを見て、さっきの魚の数を見る。同じ魚でもいいかな？

いいとも～！　よし、同じ魚を串刺しにして焼こう！

足取りも軽く、コンロに向かった。人だかりができてますね！

そして、メッチャいいハマグリの匂いしてる！　うどん！　ハマグリうどん！　食べたい！　平打ちパスタ麺だけど、関係ないよ！　麺的にはきしめん寄りだと思うけど！

コンロ側の台に行きます……籠持ちも付いてきます。

「主、おかえりにゃ！」

「主、まってたにゃ！」

タマとトラジがトタタタタッと駆け寄ってくれます！　なんて可愛いニャンコなの！

「ただいま。お腹空いちゃったわね、タマとトラジはもう食べたのかしら？　あ、籠はそこに置いてください」

籠持ちの四人はサッと置くと、頭をスッと下げて下がりました。礼儀正しいです！

しゃがんで、タマとトラジと目線を合わせると二匹ともピタッとくっついてきます……

モフモフ可愛い～！　癒される～！

「まだにゃ！　主とたべるにゃ！」

「主、まってたにゃ！　主といっしょがイイにゃ！」

可愛いこと言ってくれます！　二匹の頭を撫でまくってから、ゆっくり立ち上がります。

「お疲れ、ハマグリたっぷりうどん、お待ち」

差し出された木の器を見ると、たっぷりのハマグリと水菜だけ……麺の姿が見えません！　本当にハマグリたっぷりです！　ルークみたいなイケメンに出されると格別に美味しそうに見えます。

「ありがとう、ルーク。スッゴく美味しそう！」

「スッゴく美味《うま》そうだ！」

でもね、うどんを受け取る前に、お魚を出したい。

ニコニコしながら台の上の籠を手でたぐり寄せて「エイッ」と魚を籠の中に山盛り出しました！

「料理長！　この魚、塩焼きにしてぇ！」

叫んでから塩ツボをゴトッと台に出しておきました！

「わっかりやしたぁ！　お嬢！」

料理長の返事（叫び）を聞いてから、ルークが両手で持っていた器を両手で受け取りました。

「あったまる〜♪」

「だな、温まっとけ。虹マス……か？　塩焼き食べたいのか？」

ハフハフとハマグリを口の中で味わいながら、コクコクと頷く。

「美味《うま》ひ……ハマグリ……ッフ……美味ひいね！」

口いっぱいになるほどのハマグリ、美味しい！　ジューシー！　好きな男に手渡しされた美味しいうどん！

食べる私の顔を彼が優しい笑顔で見るのは気恥ずかしい。

「ハフッ……リュークは……アフッ……らべたの？」

ちょっと噛んだけどいいよね！

「ん？　俺は今から貰ってくる。汁が垂れてるぞ」

え？　口元をルークの少しゴツゴツした指が拭って……ペロリと舐められたぁ！

「ゴクンッ……舐めるとか……やめなさいよ……」

「ハハッ！　そんな勿体ないこと言うなよ。ごちそーさん」

男前かよ！　イケメンめぇ！

ルークはスタスタと私の前から移動して、ハマグリたっぷりうどんを貰ってきました。

クンクン……あ～！　いい匂い！　お魚焼けてきたぁ！　スッゴいいい～～！

「主、なんにゃ！　このニオイ、すごいにゃ！」

「主！　ヤバいにゃ！　ハマグリもイイニオイにゃけど！　このニオイはヤバいにゃ！」

「スゴイにゃ！　スゴイにゃ！　おなかがクルクルッってなるにゃ！　たべたいにゃー！」

ニャンコ三匹がすんごい騒ぎ出しました！

ワタワタしながら私の周りをグルグル走り回ってます、軽いパニック状態です。

「おっ！　魚が焼けてきたら、すごい反応しだしたな。ん……美味《うま》……」

ルークがニャンコたちを見ながらニヤニヤしてます。

バチーン！　と私にウインクしてきました、なんでしょう？

「魚が焼けたら、少しほぐして食べさせてやろうな」

やだ、どこのイクメンよ……キュンとしたわ。

「そうね、あんまり塩が効いていないところをあげましょうね。ホラ落ち着いて、お魚が焼けたらちゃんとあげるから」

私の言葉を聞くなり三匹はピタリと動きを止め、キラキラした目で私をジッと見つめています。

「ホントにゃ？」

「たべれるにゃ？」

「うれしいにゃ～！」

うん、わかりやすいね……お魚が焼ける前に、完食目指さないと！

私とルークは無言でハフハフ、ズルズル、一心不乱でハマグリたっぷりうどんを完食しました。

それから私とルークは全力で塩焼きした魚の身をポコッと外してはニャンコたちに与えています。

塩が付いた皮を外し、黙々と身だけをニャンコたちに渡しています。

「ウマウマにゃ！」

ノエルの声が聞こえます……タマとトラジは私の側で立って待ってますが、ノエルは違います。

ルークの体によじ登って腰の辺りにくっついて、アーンしてます。

「ほら、ノエル」

「ンマ……ンマ……にゃ……ンマンマ……にゃ……」

しゃべるネコ映像を思い出すお喋りです。

……ノエル……子泣きジジイのようにルークにくっついてるわ。重そう。

「む！　お嬢、ニャンコたちにやるならそう言ってくださいよ！　塩振らずに焼きましたのに！」

料理長にツッコまれました。うん、そこは私も言えばよかったと反省してる。

「料理長、待ちきれないチビたちに早くやりたくて毟《むし》ってるんだ。気遣ってもらって悪いな」

ルークが早速のフォローです！　ありがとう！

「そうなのよ、早く食べさせたくてついね……塩っ気の強そうなところは自分で食べてるから、気にしないで」

背中側の大きな身がポコッと取れたのでふたつに割って、タマとトラジに渡す。

二匹は両前足で受け取るとアムアムと口に入れて食べる……クリクリした目はキラキラして幸せそうだ。

「おいしいにゃ！」

「おいしいにゃ！」

二匹は嬉しそうに幸せそうに食べた後、まったく同じ感想を順番に言う……

くっ！　可愛い！　もっと食べさせたい！　お腹いっぱいにさせたい！

「料理長！　塩なしの魚を焼いてっ！　……四尾よろしく！」

二尾ずつペロッといけそうなので！

「あ！　こっちも塩なし二尾よろしく！」

ルークも同じように頼みました。

「へぇ！　任しといてくだせぇ！」

そう言うと料理長はコンロに戻りました。

ありがとう！　塩なしの魚が余ったとしても、私には醤油がある！　問題は一切なしだ！

「塩なしで余っても大丈夫か？」

ルーク……まったく手を止めることなく、ノエルにモグモグさせながら話し掛けてくるとか、どこのプロよ。

「醤油があるから、安心して」

胸を張ってるヒマがないけど、ストレートに言っておく。

「濃口とかある？」

私は手を止めずにタマとトラジにどんどん身を手渡す。

「もちのろんよ！」

濃口どころか白もあるわよ！

「じゃあ、焼けたら濃口よろしく！」

もはや、視線を交わすヒマもない。

「任せて」

腹側とか尻尾に近いところは、塩っ気が強そうだからあげられないな……ヒョイパクと口に放り込むと、やっぱり少ししょっぱい。チラッと二匹を見るとガーン！　みたいな顔で私を見ている。

「ちょっと、しょっぱいからダメよ。しょっぱくないところはあげるから、待って」

二匹とも私の足にくっついて、ポコポコと優しく叩いてくる。

「へいきにゃ！」

「だいじょうぶにゃ！」

……ちょっと、やだ……キラキラの瞳をウルウルさせて、おねだりとか…………負けそう…………

てか、負けました……つい、ポロッと渡しちゃった……

「うまうまにゃーん！」

「しょっぱいのとあまいのおいしいにゃーん！」

タマとトラジ……可愛い……

「エリーゼ、俺はとっくに負けて食べさせてる」

はっや！　負けるのはっや！

それよりも、ちょっと気になったこと聞いとくか。

「ねぇ、さっきチビたちって言ったね。ルークの中では、チビたちになってるの？」

「……なってるな。だって従魔として扱うなんて無理だろ、小っさいし喋るし、ネコっていうより子供みたいになってるんだから」

「お父さんか！」

思わずツッコミしちゃった！　だって、ねぇ……

「意思の疎通ができたところで負けるだろ」

ルークがうんと優しい眼差しでニャンコたちを見てる。

「そこは激しく同意」

黙々と三匹に焼き魚を与える私たちは、まるで子育て中の若夫婦のようだ……といまさら、気がついた。その瞬間、ボッと火がついたように顔が熱くなった。

「ん？　どうした、顔赤いぞ」

ルークがなんの気なしに聞いてきて……

「だって……チビたち……とか言うと、子育て中みたいな……」

私の言葉でルークも何か思ったんだと思う、カァッと赤くなった顔をフイッと逸らした。

ナニを想像した……子作りか……子作りなんだな！

「なんか子だくさんのお母さんになりそう……」

ちょっ！　何、そのイメージ！

「えっ！」

私の一言で顔赤いまんまで見つめてくるな！　しかもテレテレしながら！

「止められなくなったら、ゴメン」

何がよ！

「まだ、婚約して間もないのに！　宣言しないで！」

顔の赤いの止められない！

「お嬢！　焼けましたぜ！　……って、なんでふたりして照れてるんですかい？」

不思議そうな顔の料理長から、焼き魚を皿に受け取り、台にコトリと置く。

「なんでもないのよ、お魚ありがとう」

もう……ヤダ、恥ずかしい……

「はぁ……！」

料理長は首を傾げながらコンロに戻っていきました。

「ねぇ、魚をつまむとき、指先だけをガードするみたいに魔法を展開すると、ヤケドしないわよ！」

話題を変えてみよう、そうすれば顔……元に戻るかしら？

「なるほど、指先だけの手袋を作るイメージかな……うん、できた。熱くないな、サンキュ」

ルークも話題を変えるのに乗ってくれた。

さっさか身をもいでニャンコたちにせっせと渡す。

「もう……おなかいっぱいにゃ……」

「たべたにゃ……おいしかったにゃ……」

タマもトラジもお腹を撫でて、ケプケプしながら目を細めて座ってる。

「おなかいっぱいにゃーん！　もうたべれないにゃーん！」

ノエルも満腹そうです。ルークからずり落ちて、やっぱり地面に座ってお腹を撫でてます。

残った魚を食べるために濃口醤油の瓶を出して、チョロッと掛けてルークに渡す。思ったより残らなかったので、醤油はほんの少しだけしか使わなかった。

ルークをチラ見すると、やっぱりちょっとだけ残った魚に濃口醤油を掛けて瓶を置いた。

私もルークも無言で残った魚を食べ尽くし、ご馳走様と呟いた。

フゥ……と息を吐いて、台の上にある籠にクリーンの魔法を掛けてキレイにする。それからミカンをボロボロッと出す。

領主隊の隊員の中でも、火山であるルキ山に近い地域出身の者にとっては見慣れた果物だ。喜びの表情を浮かべ、もらいに近寄ってきた。その姿を見たほかの隊員もミカンを取りに近寄ってくる。

「ひとり一個ずつどうぞ」

そう言って、タマとトラジに一個ずつ渡し、ルークとノエルにも一個ずつ渡す。最後に自分の分を一個取り、ソロソロとその場を離れる。

「料理長！　私、馬車に戻ります」

一言、料理長に声をかけて馬車に向かう。

お腹がポンポンになったタマとトラジはヨタヨタと歩いている。その様子を見ながら、私はノンビリ歩く。

ルークはノエルを抱っこしてクワイのところへと歩いていった。

馬車の中に入り、バフンと音を立ててクッションに埋もれる。

「お腹いっぱい食べちゃったね！　夜の野営地に着くまでのんびりしてようか？」

「おなかいっぱい、ねむいにゃ……」

「ボクもねむいにゃ……」

二匹はモゾモゾと座席にのぼると、目をトロンとさせて訴えてきます。仕方ない、ネコは寝子《ねこ》とも言うし……こんなに眠たそうにしてたら、ねぇ？

「向こうで寝てる？」

タマを抱き上げて聞いてみる。

「はいにゃ……」

バンザイするタマ。

「うんにゃ……」

待ってるトラジ。

限界だなー……とタマをヒョイと持ち上げ、背もたれの向こうにソッと下ろす。トラジも行きたいのか、バンザイしました。トラジも両手で抱えて、背もたれの向こうにソッと下ろす。背もたれのこちら側から覗いて見ていると、モゾモゾといつも敷布扱いの毛皮に潜り込んでいく。けれど二匹とも上半身のあたりで力尽きたのか、そのまま寝落ちたようです。お尻が出っぱなしです。

ポッコリした毛皮はピクリとも動きません……でも、スピー、スピーと鼻の鳴る音は聞こえてきます。

カチャッと扉が開きました。アニスです。

「しっ！　二匹とも寝てるから」

「はい、お待たせいたしましたか？」

私が馬車に向かうのが見えたのか、アニスが静かに馬車に入ってきた。カチンと内鍵を掛け、目隠し用の布を掛けて馬車の中は柔らかい明るさになった。

「大して待っていないわ。それよりも、私もお腹いっぱいでお昼寝しようかと思っているの。アニスは？」

私の隣に座り込み、クスクスと笑いながら寄り掛かってくる。

「私もお腹いっぱいいただきました。エリーゼ様、一緒にお昼寝しましょう」

人肌の気持ちよさと満腹感で意識が……

「よかった、じゃあ……お休みなさい」

「はい、お休みなさいませ」

アニスの返事を聞いて目を閉じると、温かさと優しい光の中でトロトロと眠気がやってくる。ああ……ミカン持ってきたのに……後で……いっか…………

## 期限付きの贈り物

ホゥ……と、息を吐いてまどろみの中からゆっくりと抜け出るように目を開く。

ガタガタと揺れて進む馬車、普通に座っているのと違うせいか、お尻が痛むなんてことはなかった。もっとも、眠すぎて頓着していなかったのかもしれない。魔法で体を浮かそうとして止めた。

マップの表示では、もう道が分かれる手前だった。今日の野営地にそろそろ着きそう。

「アニス……起きて」

ユサユサとアニスの体を揺さぶると、フニャンと顔を綻ばせキュッと抱き付いてきた。

寝ぼけてる。可愛いけど負けたらダメだ！

「アニス？」

「おはようのキス……は？」

うん、わざとだね。やりませんよ！　口元がピクピクしてますから！

「ふざけてると、口きかない」

バッと体を起こし、テヘッと笑う……確信犯め（笑）

「どうかしましたか、エリーゼ様」

アニスはすぐに私の顔を見て、真剣な顔になった。

「ああ、そろそろ今日の野営地に着くみたい。討伐隊もまた隣接して野営をすると思う。今日のお昼に向こうにお邪魔したとき、うちの魔物除けを頼りにするかのように、天幕がひとつだけ張られていた」

昼の野営のときに気にかかったことを言ってみる。

アニスは不機嫌さを露わにして、黙り込んで私の言葉を待つ。

うーん、一応王子様だよ、ジークフリート殿下はさ。

「多分、野営地の設営のとき、ジークフリート殿下はうちの馬車に近い場所に天幕を張ると思う。ただ、ひとつ言えることは、殿下の天幕は私のではない馬車の近くに設営するってことかな」

「どういうことですか？」

アニスは興味津々なのか、瞳がキラキラしてきた。何を期待してるのか……

「おそらくだけど、外装が令嬢らしい馬車が、私の馬車だと思われていると思うの」

あくまでも私の予想です。

「それって……」

アニスも気がついたのか、悪い顔になってる。

「ええ、お母様の馬車の近くに殿下の天幕が張られていたの。私にとっては安心できる場所ね」

アニスは目を大きく見開いて私を見つめたかと思ったら、楽しそうに声をあげて笑った。そりゃそうだ、私だって笑える……てか、つられて笑いました。

ひとしきり笑ったところで、馬車が止まった。マップで見ていると、ほぼ真後ろに付いている討伐隊も停止している。

馬車は道の分岐点でゆるゆると動き、道の脇の平原らしい場所を円形に移動していく。

いつもなら私たちの馬車が外縁に導かれて外側から埋めるように領主隊の馬が繋がれ、天幕や後方支援の馬車が来る。それから寄子貴族や使用人の馬車、そしてもっとも魔物除けの弱い者たちの馬車が内側に導かれる。

だが今日は違う、移動が始まって動いているが、いつもより広く円形に移動している。

これは今から作る四阿《あずまや》とコンロの関係だと思う。今日の野営地では大型の物を作り上げる。これは私たちが旅立った後、誰もが安心して野営できるようにするため。

この先の王国民のために、安全策としてある程度魔物除けなどを施してきた。

だが、今回は規模も魔物除けも今までとは違う。お父様は何かお考えの上で決めていらっしゃる。

……ここが王家直轄地だからなのかしら？　……マップを見て考える……この王家直轄地を越えれば、魔物の強さも旅の危険度も変わる。ひょっとしたらこの先、野営地の設営は今日の設営に準ずる物になるかもしれない。

マップから目を離さずに考える。

「エリーゼ様……？」

アニスが心配そうに聞いてくる。

「ああ……なんでもないのよ。気にしないで。それよりもそろそろ私たちの馬車も動きそうよ」

マップ上では街道に待機している馬車はわずかばかりだった。そろそろと動き出す私の馬車は、いつもと違う動きをした。

馬車はマップから予測できる討伐隊からもっとも離れた場所へと移動していた。そしてお母様の馬車が討伐隊からもっとも近い場所になる位置に進んでいた。

……うん、私の馬車……外縁はいいけど、街道沿いじゃん。天幕張れないし、張るとしても、街道の向こうの草ぼうぼうの草原だわ。無理っぽい。

再びマップで討伐隊の動きを見ると、案の定うちの馬車近くに、へばり付くように野営地の設営をしてる……うちが円形に設営してるのに対して、討伐隊は一部くっついているかのような設営……まるで雪だるまのような形になっている。

みっともなくても、安心したいのかしら？　それともほかに何か意図があるのかしら？　考えてもわからないわ…………時間のムダかな？

よし、考えるの終了！　出たとこ勝負よ！　女は度胸よ！　でも、馬車から出るのは今回に限り許可が出てからにしよう。

しばらく待つと軽くコンコンと馬車の扉が叩かれた。

アニスがひょいと目隠しの布をあげて、外をのぞく。

「ルーク様ですよ」

アニスも私も少しだけホッとした笑顔になる。

「お迎えね、行ってくるわ」

さっさと立ち上がって身だしなみを整える。

「はい、こちらは支度してから向かいます」

アニスは扉の内鍵をカチンとあけ、サッと馬車内を移動する。うちの特別製の馬車はほかの馬車より天井が高いこともあって、楽に立って移動できるのがいい！　しかも長旅用の大型だから中が広いのもいい！

私はサッと降りた。ちなみにニャンコたちはまだ後ろで寝てる。

「ひとりか？」

「そうよ、ルークもひとりでしょ？」

「まぁね」

ルークもノエルを連れずに、こちらに来ていた。

私たちは互いにゆっくり歩きながら、中央の広場に向かう。ルークは硬い表情だ。

「向こうが距離感なしで野営地を設営したな」

「ん、知ってる。マップ見て、ちょっと笑いそうになった」

並んで歩く私たちは、カップル感出てたと思います！　絶対に！

馬車の隙間を縫って歩き、抜けた先は今までで一番広く設けられた広場でした。

そこで待つお父様とお兄様たち……あれ？　お母様たちがいません。真っ直ぐお父様たちへと、近付きます。

「エリーゼ、待っていたぞ。かなり広く場所を設けて、今はこの広場を囲むように強めの魔物除けを打ち込んでいる最中だ」

周りを見渡すと、今までの簡易型とは違う物が打ち込まれている。おそらく、一段か二段は強い魔物除けだと思う。

「ちょうど、この辺りが真ん中ですね。では、この辺りにコンロと四阿《あずまや》を作ります」

立派なのを作ろうと思う。

「頼んだぞ」

言葉少なに語ると、お父様たちとルークは移動を開始する。

ふむ……今までのコンロは焚き口を向かい合わせにしていたけど、今回は焚き口を外側にしてふたつ並べてみるか……作業台も左右に付ければ使い勝手もいいかしら？

四阿《あずまや》も正方形ではなく長方形にして、柱を増やして分割して使えるようにすれば便利かな。これを一セットとして、四セット作ればかなりいいかも！　二セットずつ向かい合わせならいいよね！

ザザァッと土魔法でコンロを作り上げ、位置決めをしてしまう。

コンロをセンターとして長方形の四阿《あずまや》を作る。もちろんコンロ横の作業台も作る。うん、結構いい！

荷馬車ごと入っても、まだ余裕ある大きさに作ったわよ！　……パッと振り返って、お父様たちを見たらビックリしてました。怒ってるわけじゃないから別にいいっか！

私は走り回って残り三セット作り上げてから、ハタと立ち止まって見直す……デカいなー（棒）

うーん……四阿《あずまや》の屋根を変形させて、コンロの上から煙を出すようにするかなぁ……ついでにこの四セットの間も埋めて、水が流れるように斜度をつけよう。

魔力を載っけて言うだけで、ズモモモモと動き出します……チーーーーーーートッ！　素敵なブツが……できましたーっ！

「凄まじいな……」

ん？　お父様、何がですか？　クルンと振り返りお父様の声が聞こえた方を見る……うん、驚いていたのはお父様だけじゃありませんでした！　お兄様たちもルークもでした。いや、そのほか大勢もビックリしてましたけどね。

いいじゃん！　大は小を兼ねるって昔っから言うじゃん！　ね？

「これなら、よほどの大人数でも対応できますでしょう？」

胸を張ってお父様に向かってドヤ顔で言ってみる。

「そうだな、確かにそうだ」

お父様は誇らしげに頷き、微笑んだ……渋格好いい、お父様ステキ！

「報告です！　ただいま、シュバルツバルト領より王都に向けて荷物を運んでいる荷馬車の一団が、こちらで野営をしたいと申し出ております」

突然の伝令からの言伝です。家からの定期便の一団で、王都の邸《やしき》への物資、いわゆる補給物資です！　お父様は笑顔で大きく頷くと、伝令がサッと走り出し消えていった。

……魚とか特産品の桃関連の品々を載っけた荷馬車だそうだけど、肉も載せちゃダメかな？　野菜も……それに手紙も頼みたい。

王都にいるアンネローゼとミネルバ……ちょっとした、お菓子を付けて励ましたい。だって大変だと思うの。

「お父様、確か彼らは月に二回来る領地からの者たちですよね」

まずはお父様に聞かないと。

「うむ、そうだ。どうかしたか？」

うーん……特にキビシイお顔ではないわね。

「今夜、ここでともに野営するのでしたら、明朝別れるのでしょう。それまでに手紙などを頼むことを許していただけますか？」

娘のお願いモードです（笑）！

「構わぬよ、エリーゼの友人もいまだ王都に残っているのならば大変だろう」

お父様は一体どれほど情報を持っているのだろう……いえ、お母様が付いているのだからよほどでしょう。

お母様はシルヴァニアの専属侍女を三人持っていて、ハーピーという精霊を用いれば情報の収集と伝達は容易だ。お母様がハーピーを使い王都の様子を窺《うかが》っているなら、この世界ではほぼリアルタイムの情報になる。アニスも持っているけれど、万が一を考えるとあちこちに飛ばすことはできない。大体がアニスの従魔のことを誰にも言ってないのだから……


「ハインリッヒ、少し」

「む、フェリシアか。どうした」


後ろからお母様たちがやってきました……お声が少し冷たいです……

お父様とふたり、ヒソヒソ話です……ここはアレです、デビルイヤー（古い）で盗み聞きです。


――王都の状況はますますよろしくなくなりましたわ――

――そんなにか？――

――はい、私たちが出てすぐくらいから続々と民が離れているようですわ――

――では、王都は？――

――この数日でかなり寂しいことになりました――

――王都に住まうすべての者は、王家を支える者たちだ――

――ええ、王家は力を失いつつあります――

――領地に一番に戻る俺のことを許してくれ――

――許すも何も領が一番で当たり前です。ただ、王宮の実情がかなりよろしくないの。先々のためにも、キャロライン妃にはよくしておきたいから何か贈りたいのよ――

――キャロライン妃……皇女殿下だったお方だな。この先、帝国が絡んでくる……と？　――おそらく。私たちの先行きもきちんと考えねばならなくなるでしょう――

――わかった――

お母様たちの会話はヤベー内容でした。

「フェリシア、好きにして構わぬ」

お父様がキビシイお顔のまんまです。

「嬉しいわ、ハインリッヒ。では、エリーゼ」

お母様はほんのり黒い笑顔です！　飛び火か？　何？

「はい、なんですか、お母様」

ドキドキします。どうしよう……

「ええ、エリーゼが作ったお菓子を贈りたいのだけど」

……お菓子……お菓子を贈る……誰に？

いや、会話から察するにキャロライン妃ですね。日持ちしないとダメなやつだ。もしくは、何か保存系の魔法でどうにかしたやつか……

「無理かしら？」

お母様が心配そうに聞いてきました。

「はっ！　えっ、いえ。どういったお菓子がいいか、考えておりましたっ！　無理ではありませんわ！」

「そうなの？　黙り込んでしまったから、難しいのかしらと不安になってしまったわ」

うん、いっこも不安そうなお顔じゃありませんでした。不安そうでは……

定番はクッキーかなと思うけど、バターないしな～

何か保存できる道具作るか……うん、作ろう！　貸し出しにすればいいや、返ってこないだろうけど（笑）

一個作れば、その後の改良はガンガンいけるし！　形状と時間の問題だよね！

晩ご飯まで時間あるし、今夜のメニューは魚介類をたっぷり使うとすでに心の中で決めていた！

焼いた魚は、お昼に食べたから、煮るか蒸すかだ！　よし、ここまで決めれば後は楽ちんだ。

「お母様、任せてください！　私、ちょっと新しい道具を作ってきますね！」

うん！　そうと決まれば、さっさと動くに限る。

「えっ？」

「お父様、晩ご飯の支度まで余裕ありますでしょ。私、少し馬車に戻りますわ」

「あっ、ああ……」

お父様もお母様もキョトンですが、関係ないです！

「待て、エリーゼ。俺も行こう！　道具を作るのなら、一緒に作ろう！」

ルークが慌てて声をかけてきました。

「ルーク！　そうね、手伝ってちょうだい！　では、ちょっと行ってきますわ。ルーク、カモン！」

ふたりして軽く走って、私の馬車に向かいます。

ちゃんと付いてこれるルーク、さすが！　領地に帰ったら一緒にトレーニングできるじゃん！

いらん説明する必要もないし、運命かと思うわ！


馬車に入ると、まだアニスがいました。よかった。

「エリーゼ様、どうかされましたか？　それにルーク様も」

「今から便利な魔法道具を作ろうかと思って！」

「エリーゼ。作るのはいいけど、材料ってあるのか？」

ハッ！　材料！　ルークに言われて気がつきました。

なんてこったい！　いや、私には島がある！

「外側は木材でいいと思うけど、内側は金属かな？　いっそ、オール金属の方がいいかな？　でも冷蔵じゃないから、オール木材でいいと思ってる。ダメ？」

とりあえず案を出してみる。

「なるほど、冷蔵じゃないんだな。なら、オール木材で大丈夫だろ」

ルークはさすが男の子です。いい考えがあるのでしょうか？

「おふたりの話がよくわかりません」

アニスが困ってます。

「あぁ、アニス。サラッと説明すると、王都に向かううちの馬車が来ているから、手紙と一緒にお菓子を贈りましょうってことになったのだけど……日持ちがしないものを日持ちさせるための入れ物を作ることにしたのよ」

わかるかな？

「ルーク様とですか？」

微妙な顔ね、アニス。

「ええ、だって私だけでは足りない知識があると思うもの」

本当ですよ。さっきだってアドバイス貰ってたでしょ？

「え？　エリーゼ様が？」

疑われてるぅ！　アニス、信じてぇ！

「ええ、そうよ」

訝しげなアニスと無言で見守ってるルーク。うん、ちょっと空気がおかしい。けどスルーよ！　私！

「さ！　とにかく箱作りよ！　木材出すわね！　ルークはそっちに座っててね！」

こんなときに便利な無限収納！

「わかった」

ルークは言葉短く頷く。

私とアニスはいつも座る席、ルークは対面。

ドンッと丸太を馬車の床に出します↓風魔法で四角に切ります↓いらない部分は無限収納にしま

います。厚さは決めてません。

「どれくらいの厚さで切ろうかしら？」

私の発言に反応したのはルークだけでした。

「一センチでどうかな？」

なるほど、さすがルークです。

風魔法「厚さ一センチにカット」でスパパパパパパンと切れました。超便利。十二枚取れました。

ここから、チマチマ組み立てたり作ったりするのはいちいち面倒くさい……魔力を込めて……願望を呟いてみよう！

「この板で箱が二個できるといいのに……」

スパパパパンッパパンッパパパパパパンッ。えー……何コレ……

「魔力を込めながら呟いたら、箱ができたわよ……」

「ヒドいチートだな」

ちょっと！　ルーク、呆れた顔で言わないで！

「さすがエリーゼ様です！」

アニスは超笑顔で褒めてくれました！

どうなってるの、私の魔法！　便利だからいいけど、ウッカリ変なこと言わないようにしよう！　っていうか、魔力込めて言うのやめよう。そうしよう。

「問題はここからよ……んー……食べ物に限り、保存できる方が無難だと思うけど、どう？」

いろんな物を保存とかコワいしね……

「それはそうだろう、生き物とかは完全アウトだしな。箱の使い方自体に賞味期限を設けるとかしたらどうだ？」

おお！　賞味期限！　さすがルークです。私の思いつかないことを言ってくれます。

「箱の中身が真空パック的な？」

チラとルークをみると、バチンと目が合いました！　ヒャア！　ですよ。

パッと視線を箱に移して、なんとか誤魔化そうとしてみる。

「真空パックはダメだろうけど、保存魔法で劣化を防ぐならアリだろう」

あー……やっぱりダメよねぇ……

「なるほど……賞味期限は三ヶ月かな……」

これくらいなら大丈夫かしら？

「妥当だな」

うん、ルークも賛成してくれたし、賞味期限三ヶ月で保存魔法を箱の内側にどうにかかければいいのか……

「とりあえず、トライしてみる」

木箱をパカリと開いて、内側を覗き込みながら（賞味期限三ヶ月・食べ物に限る・保存する）と強く念じると、指先から魔力が光りながら放出された。箱の内側をグルグルと渦巻き、魔法陣のような紋様になって……ピカッと光った後、底・側面・蓋《ふた》の内側にその紋様が付いてました。印刷されたみたいに。

「あれ？　できた？」

まさかねー？　いや、鑑定してみよう。膝の上に箱を置いて鑑定する。

保存箱
食物・食品限定
中に入れてから三ヶ月保存（一度取り出すと保存はできない）
蓋《ふた》が閉まる物に限る

ビックリです。あっさりできていました。

「できてた……外側、オサレ仕様にしよっか」

うん、こう何か彫刻しようか……

「さすがのチートだな。俺、必要だったか？」

え、何言ってるの？　思わずルークの顔をマジマジと見てしまう。

「いるに決まってるじゃない。ルークがいなかったら私、こんな風にサッとできなかったわ」

ショックです。なんでそんな寂しいこと言うの？

そしたら対面にいたルークが立ち上がって私の前に来て、フワリと私の頭を抱えた。

「悪かった。だから、そんな顔するな」

ペタリとルークの体に寄っかかると、不思議といい匂いがした。後頭部に当たる大きな手が温かくて優しくて、なんだかフワフワする。ルークの側は落ちつく……

「ノエルはドコにゃ？」

「ノエルはどうしたにゃ？」

タマとトラジの声が真後ろからしてドキリとする。パッと離れた手と体に、ちょっとだけ寂しさを感じるけど、今は膝の上の保存箱が優先だった。

「ノエルは馬車で寝てるよ、起きたらきっとすぐにこっちに来るよ」

サラリと説明するとルークは対面の座席に戻ってしまった。

うん、寂しい……好きな人が離れるって寂しい。こんなこと思うのは私だけなのかな？

「エリーゼ、どうした？」

ルークに聞かれて、まじまじとルークの顔を見つめる。

「好きな人と距離ができるのって寂しいことだって知って……ジークフリート殿下も愛する正妃様と離れて寂しいのかしらって……私、何も知らなかったのね……」

何も考えず私が発した言葉に、ルークは顔を赤くした後、思案顔になった。

「それは……どうだろうな。彼は正妃となったヒロインを本当に愛してるのかな……」

え？　ヤダ、なんでそんなこと言っちゃってるの？

「何を言っているの、愛してるから、私と婚約破棄までしたのでしょうに」

ルークは困ったように笑って、頭を掻いた。誤魔化されないわよ！

「それよりも箱の外側だろ？　オサレ……高級感のある仕立てにしないとな」

ヤダ！　忘れてた！

「高級感！　どっ……どうしよう！」

えー！　困る！　私にデザインのセンスとか求められても！

「エリーゼ様、落ち着いてください。この大きさなら、普段使いのお飾りを入れていた箱を模してしまえばいいのでは？」

うう、助かった……ありがとうアニス。

「あっ……ええ、そうね！　アニス、ありがとう。そうするわ、あれは木箱でしたものね」

見慣れた木箱を思い出し、魔力を乗せるだけでシュルシュルと箱が削れていき、滑らかな木肌へと変わりさらに艶やかになる。

怖いっ！　私の魔法がすごすぎて怖いっ！　なんちて。

「どうかな？」

お飾りの箱はどれも高級感あったし、いいと思う。

「さすがです！　これなら、どのような方でも不快感を覚えないと思います！」

アニスはそれなりに箱を見てるから多分大丈夫！

「美しいものだ、これが食べ物限定なんて勿体ないくらいだな。貰った相手は嬉しいだろうな」

ルークもアニスも褒めてくれました！　よし！　後もうひとつ必要なのだけど、どうせだし、後ふたつ作ろう！　だってキャロライン妃だけじゃなくてアンネローゼとミネルバにもあげたいしね！

「贈る相手はわかってるだけで三人だけど、もしかしたらひとり増えるかもしれないし、都合四つ必要だから材料出すね！」

……王妃殿下にもあげるかもだしね！　サクサクと材料から箱までを作り上げます。

ひとつ作ってしまえば、後は楽なもの！　同じ物を作るだけですから！

「さすがだ、早いな」

褒めて！　褒めて！　ルークに褒められると嬉しくなっちゃう！

「んっ、のんびり時間掛けれないでしょ。晩ご飯のこともあるし。ねぇ、晩ご飯は煮魚系にしようと思うけど、洋風と和風どっちがいい？」

箱を作りながら、軽く聞いておく。だって好きな人に食べたい物、食べさせたいんだもの！

「そうだな、洋風かな……それでパンが食べたいかな。昼はうどんだったたからな」

なるほどなるほど。今日はご飯の気分じゃないのね。

「んー、わかった」

「仲良しですね！　エリーゼ様の幸せがアニスの幸せです！」

思わずアニスを見てしまいました……うん、幸せそうな笑顔でした。

ドンドンドンッ。強めのノックです。

「あっ！　アニス、ちょっと開けて！」

「えっ？」

ウニャァァァァァァン！　鳴き声が激しいです。

「表にノエル来ているから！」

マップに表示が出てましたからね。

ガタンッと慌てて立ち上がったルークが扉を開くと、小さな体がドスゥッ！　とルークの腹に激突しました。馬車の床にガクゥと膝をついたルーク。お腹で泣きじゃくるノエルを宥《なだ》めようとその小さな体を撫でていますが……ルーク……苦しそうです。外ではなくて何よりです。

「なんでにゃあぁぁぁ！」

ポスポスとルークのお腹を叩いていますが、軽い力なのは音からわかります。

雷狼にアタックしてたときはもっと重い音でしたので……

「にゃう……ニャッ……………おきたら主……いにゃくて……」

泣いてるノエルが可愛くてつい見入ってしまってます。

「ごめん……ごめんよ、ノエル」

「うにゃ……ウニャァァァァァン……さみしかったにゃあ！」

「悪かった、寂しい思いをさせてごめんな」

そう言うとルークはノエルを抱っこしたまま座席に座りました。

ノエルはルークにビッタリくっついて、ひっつき虫になってます。

「ノエル……おちついたにゃ？」

「まだ、さみしいにゃ？」

後ろで見ていたタマとトラジがソロソロとルークに近付いてノエルを覗き込んでます。

いや、ちょっと待った方がいいと……

「うにゃ？」

ウルウルした瞳のままのノエルが頭をグイーッと回して、私たちの方を見ました。

あっ、やばい！　また泣きそう！　ウルウルがっ！

「にゃ……タマにゃもトラにゃもいるにゃ……にゃんでにゃ……にゃ……にゃ……にゃうにゃぁぁぁぁ！」

うん、泣きました。それはもう盛大に。タマもトラジも困ってます。

よけておいた箱四つをアニスに見てもらうよう、ハンドサインで指示を出すとアニスもコクコクと頷き、箱をササッと寄せて手で押さえてます。

私は静かに立ち上がり、ルークの隣に移動します。座ってルークを見て、頷く。

そっとノエルを撫でると、チラッと私を見てくるノエルの目、何かを窺《うかが》うように……うん、待ってますね！

「ノエル、この馬車は私の馬車よ。だからタマもトラジもいるのよ」

とりあえず一番言っておかないといけないことを言います。

黙って聞いてるノエルは、初めてキョロキョロと馬車の中を見回すように、ルークにくっついたまま頭をあちこちに動かしています。

「ごめんね、ノエル。ある道具を作るためにノエルの主を借りたの。ノエルをひとりにするために、ノエルの主を借りたんじゃないのよ」

優しくノエルを撫でながら、静かに語りかける。

「ホントにゃ、主はわるいコトしてないにゃ！」

「しんじてほしいにゃ！　ノエルもなかまにゃ！」

タマとトラジのフォロー！　ありがたい！

「ホントにゃ？」

「寝ているノエルを起こしたくなくて、見ていると言ってくれた人たちに任せてしまっただけだよ。ノエルがすごく幸せそうに寝てたから、俺が彼らに甘えて馬車に寝かせたままにしたんだ」

ルークが困ったように言う。バッとノエルがルークにくっつきなおして、グリグリと頭をルークに擦り付けた。

「わるくないにゃ！　わるくないにゃ！　主はなんにもわるくないにゃ！」

……ノエル……あんなに泣いてたのに、責めないのね……

ノエルはルークが大好き過ぎて、なんでも許してしまうチョロインです。誰か助けてください。

「でも、寂しい思いをさせたのは悪かったと思ってる。これからは気をつけるよ」

ルークはルークでノエルを溺愛……いえ、メロメロキュンキュンしまくってる残念なイケメンになってます。どっちもどっちです。何も言えません。

「さ、ノエル……タマとトラジにも言うことあるだろ？」

ルークはヒョイとノエルを抱きなおすと、立ち上がってノエルをタマとトラジの近くにポスンと降ろして座りました。ルークよ……間違ってないけど……

………敷毛皮の上に三匹が座ってます………

「やだ……眼福っ！　三匹座ってるとか、メチャ可愛い……っ！」

つい心の声が漏れてしまいました。

「おう……」

しかもルークまで。

ノエルは座っているルークの隣にフラフラと立ちました。

「タマにゃ……トラにゃ……ごめんにゃ……」

ノエルがなんとか泣かずにタマとトラジに謝っている。

「いいにゃ！」

「だいじょうぶにゃ！」

「うにゃ……」

あっ、またノエルが泣いちゃう……と思ったら、タマとトラジがヒシッとノエルを抱き締めました。思いも寄らないネコ団子！　三匹揃ってくっついてると可愛さ倍増！

「なくにゃ！」

「そうにゃ！」

おお……タマとトラジが、ノエルが泣くのを止めようとしている！

「う……うにゃっ！」

堪えた！　堪えましたよ！　あの泣きまくりのノエルが、我慢しましたよ！

ルークが手を伸ばして、ワシワシとノエルの頭を撫でました。

「偉いぞ、ノエルは男の子だもんな」

お父さん発言です！　まさかの、ルークお父さん発言ですよ！

「ボク、なかないにゃ！　おとこのこにゃ！」

おお……ノエルが頑張って言いました。

「そうにゃ！」

「えらいにゃ！」

タマとトラジも褒めています。うん、何か目頭が熱くなりそうですが、落ち着け私！

「偉いですぅ～！　ノエルちゃん、偉いですぅ……ウウッ……」

……アニスが先に陥落していました。私も今、落涙しました。そんな私を優しく抱きしめてくれるルークに、お前のせいだと言いたいです。


どうやら落ち着いたようなので、今から贈るお菓子を決めたいと思います。

「とりあえず、話し合いましょう」

私とアニス、対面にルークという定番の席に座りなおしました。ニャンコたちは私たちの後ろでコロコロしてます。楽しそうなので、見ないようにするのが精一杯です。

「お贈りするお菓子を決めたいのだけど」

まずはコレです。

「保存できるが、ついつい食べてしまいたくなる物がいいだろう」

ついつい？　……ついついかぁ……何があるかなぁ？

「うーん、思い浮かばないのだけど」

イヤ、ホントですよ。ついつい魔法の粉がまぶされたおせんべいくらいしか思い付かないわよ。

「そうなんですよね、エリーゼ様といるといろんな物を食べられるので、思い浮かばないですよね」

いや、アニスは食べるお菓子の種類自体、は少ないでしょ。

「ああ～！　そうなんだよな！　結構、いろんな甘味を味わえるから、コレ！　といったものが浮かばないんだよな」

ルークは甘味って言うのね。うーん……小豆《あずき》系とか？　ダメだ、あれは一見で甘味と理解しがたいかもしれない。

見た目もキレイじゃないとなぁ……チョコレートとか飴……飴だ！　チョコレートないしね！

「飴はどうかしら？」

ドキドキしながら言ってみる。

「アメ？」

アニスはキョトンです。

「あぁ、飴ならいいんじゃないか。色や香り、花の形とか受けるかもな。待てよ……メレンゲ作れるなら、メレンゲ菓子でもいいんじゃないか？」

さすがルークは一味違う。

私じゃ普通の丸い飴しか思いつかなかったし、ましてやメレンゲ菓子とか思いもよらない。

「なるほど、飴細工とメレンゲ菓子はどちらも女子ウケしそう。それにしよう。うん、決まった」

飴細工か……指先ガード魔法使えばいろいろできる気がする！

「エリーゼ様、飴細工とメレンゲ菓子って……」

キョトンとするアニス。まったくわからないよね。

「飴細工って作ってなかったっけ？　晩ご飯の後で作ってみよっか。デザートとは別に」

うん。晩ご飯後にトライだ！

「どんなのか、今から楽しみです！」

ふふっ、アニスったら嬉しそう！　私も楽しみよ！

「試食が楽しみだな」

ルークは……試食ってあーた……

「そうね、試食はお母様もしっかりするでしょうから、楽しみね。そうと決まれば、そろそろ早めに晩ご飯作っちゃおうかな」

お母様も試食のとき、はっちゃけそうだな……

「そういえば、晩ご飯は洋風の煮魚にするって言っていたが、どんな感じにするんだ？」

え？　うーん……煮魚……煮魚ねぇ……うーん……

「あー面倒！　煮魚って限定するのヤメ！　ごった煮じゃないけど、いろいろ鍋にぶち込む！」

悩むのはヤメだ！　ウジウジすんのは嫌なのよ！

「短気起こすなよ、悪かった……ごった煮じゃなくて、蒸したらどうだ？　少し野菜を足して」

………？　何か、美味しそう……いいかも。うん……

「気になるから、今からすぐ作ろう。魚介類と野菜でいいよね？」

「ああ、少しソース入れるとスパイシーになるかな？」

うん、美味しそう！　スパイシーだと食欲湧くよね！

「箱は後で持っていくとして、晩ご飯は蒸し物とスープにパンだね！　タマ、トラジ、晩ご飯の支度しに行くよ」

二匹に声をかける。

「にゃっ！」

「にゃにゃっ！」

ピョコンピョコンとタマとトラジが立ち上がる。元気になってる。安心。

「ノエル、おいで。一緒に向こうに行くぞ」

……うん、ルークよ。立ち上がってナチュラルに、こちらに近付いて両手広げて……

「あいにゃ！」

ノエルが飛び付き、ルークは抱っこしました。ノエルを抱っこするのは、お約束なんですね。

ノエルはゴロゴロ喉鳴らして、ルークの顎とかに頭ゴリゴリ擦り付けてますね。

私、ちょっとだけ遠い目です……うっ……羨ましくなんか、ないんだからねっ！

ルーク（ノエル）・私・タマ・トラジ・アニスの順で馬車から出ます。

皆揃って、コンロに向かいます。

飴細工は何味を作るかな～♪　イチゴにリンゴにオレンジに～ブドウにブルーベリーに桃！　後、メロンとミントも作ろう。

メレンゲにイチゴ果汁も混ぜて、ピンクの可愛いメレンゲ菓子を作って……うん、女子ウケするね！　形がキレイだったら映える～♪　ってやつだな。

……考えながら歩いていたら、あっという間です……けど、何か……いつもと違う賑やかさだな……なんでだ？　何かお母様が……

説明しよう！　今、私の目に映っているのは、ゴツい一本鞭を手に持ったお母様が正座している男性の膝を踵《かかと》……ヒールでグリグリしている姿だ。男性はシュタインっていう、キャスバルお兄様の知人の方です。あろうことかキャスバルお兄様、その知人のはずのシュタインさんの後ろで肩を押さえて正座キープさせてます。何、そのカオス！　まさかの羞恥プレイなの！　しかも、お母様と！

……って……なんで、ちょっと頬染めてるの？　お仕置き中に？　変態？　変態なの？

「なにかやってるにゃ！」

「みてみたいにゃ！」

「みにいきたいにゃ！　いくにゃ！」

あっ！　好奇心旺盛なニャンコたちがっ！　ノエルがルークの腕の中から脱出したかと思ったら、走っていき……うちの子も一緒に走っていきました……捕まえきれなかった……

「え……と、お母様が何かゴメン」

とりあえずルークにあやまっときます。

「いや、うちのノエルもすごい勢いで行ったな……」

ルークも脱力感いっぱいに呟きました。あんなところは小さい子供と変わらないなぁ……どうしよう、ニャンコたちはお母様の周りというか、件《くだん》の人物とお母様を順番に見たり……もう、現場は収拾つかないかも……

「ねぇ、私が聞いてるのは、なぜあの場所に天幕を張ることを許したのか……ということよ。エリーゼも来たことだし、答えなさい」

うん、視線が突き刺さってきました。勘弁してください。私に関係あるんですか？

「はい……殿下が侯爵夫人の馬車をエリーゼ様の馬車だと言い張り、あの馬車の近くに天幕を張れとおっしゃいました。訂正すれば、隊全体に悪影響を及ぼすと思い、そのまま張らせました。申し訳ありません」

言い終わったと思ったらガバッと土下座をして、お母様の足に……当たりませんでした！　お母様、さすがです！　サッと足を退けました！

見事なドゥゲザーを披露してます。キャスバルお兄様も行き場のなくなった両手を下げています。

「そう……そうでしたか……フ……フフフ………オーッホッホッホッ！　本当にどうしようもない方ですわね、ジークフリート殿下は。もし、後ほどお見かけしたら挨拶いたしましょう。あ、もぅ……よろしいですよ。隊にお帰りになって」

お母様の高笑い、久しぶりに見ました。アットー的です。

「はい、ありがとうございます」

……うん、耳に聞こえてくるモブのやり取り発言に『羨ましい』だの『私にも……』とか聞こえてるけど、全力スルーだ！　ただいまスルー検定の真っ最中だ！　頑張れ、私！　気にしたら負けだ！

シュタインさんはヨロヨロと立ち上がり、ペコリと頭を下げて討伐隊へと歩いていく。その姿はなぜか誇らしげでした……変態め！　キャスバルお兄様は苦笑いだ！

「エリーゼ、ジークフリート殿下ったら怖いわね」

え、何言っていますか、お母様？　私にはお母様の方が怖いです（笑）

「ええ、本当ですわ（嘘）。離れられてよかったわ（棒）」

お母様と一緒にホホホ……フフフ……と笑い合っておきます。逆らったら負けなんで!!

おっと！　タイミング見て、笑うのやめないと。晩ご飯の支度しないと！

「晩ご飯の後に、お贈りする菓子を作ってみようと思っていますの。少し早いですが、晩ご飯の支度を今からいたします。ああ、贈り物を入れる箱を作りましたわ」

笑顔です！　笑顔で言うのが大事なのです！

「まあ、早かったわね。もう少し掛かるかと思ってましたよ」

お母様はニッコリしたいつもの優しい微笑みになりました、よかったです！　一安心！

「甘味を作った後で、持って参りますね」

ピクッとお母様の笑顔が変わりました。

「あら、私の侍女たちに取りに行かせるわよ。アニスも一緒に行かせれば問題ないでしょう、ね」

おう……ごくごく当たり前のこと言われました。私、高位貴族家の令嬢でした。

うっかり！　うっかり～！　自分で持っていったらダメでした。表向きは。

「そうですね、では私は晩ご飯を作りたいと思いますわ！」

気を取り直して！　作るぞ！　今、逃げないでいつ逃げる！

バッと体ごと振り返り、料理長の姿を捜す……いた！　笑みを顔に貼り付けたまま、料理長に向かって歩く……うん、なんで引き攣《つ》った顔で私を見る……

お母様の声がちょっとだけ聞こえてきました、「もぅ～エリーゼったら!!」って。お母様……いろいろ無理です。マジで。

「お嬢……笑顔がオッカネェです」

オッカネェとか言うんじゃありません。そんな引き攣《つ》った顔で。

「あら、そう？　気にしないで。今日は魚介類の豪快蒸し料理にしようと思うの」

料理長は瞬時にいつもの顔になると、キラキラした目で私を見てきました。

わかります、新しい料理は興奮しちゃうんですよね！　でも、よく知らない料理なのに、いきなりトライしようとする私も大概だよなぁ……でもトライあるのみです！

「コンロに火は入ってるわね」

もはや毎日のことなので薪も山盛りいっぱい出してある。タマもトラジもノエルもやる気満々で近くに待機している。

作業台の上に並ぶ大鍋と蓋《ふた》………

ん？　私が作ろうとしてるのって無水料理じゃないのか？　まっ、細かいことはいいや。

無限収納から大ハマグリも大アサリも大シジミも出してしまおう。魚も何種類か出してっと……

デカっ！　一尾出したらサイズが明らかに大きい……五十……いや六十センチはあるか……見た目からして、クロダイです。

下拵《したごしら》えは料理長と料理人にお任せだ！　今までだって、鱗なんて感じないで食べてたしね！

お次はコイツだ！　って出した魚も大きいです。鮭です……大きい鮭が出てきました。ラストはコイツ！　……ぅおぃ！　アオブダイってどういうことだ！　見境ないでしょうがぁ！　島でとれた魚もまじってます。どれもこれも六十センチ以上ですよ！　生息域も関係なしのラインナップ！

まぁ、いい……後はエビを……とりあえず一尾出してから決めよう。

……うん、三十センチはあるだろうロブスターが出たわ……しかも青い。今度はコレを……同じ長さの車エビいや、ブラックタイガーみたいな？　何か知らないエビ来た。ジャンボエビフライに使うやつだよね？　コレ。蟹はないんだよね……蟹食べたいなぁ〜。蟹。

大鍋の数を見て、必要になりそうなだけ魚介類をじゃんじゃん出して置く。

後は野菜！　トマトにジャガイモ、トウモロコシにニンニク山盛り！　特にトマトはたくさん入れて、唐辛子を少し刻んでソースもちょっと入れて……アスパラガスも入れよう！　タマネギとセロリも入れちゃえ！　山盛りだけど気にしない！　思いつくままよ！

ふと見ると、料理人が魚相手に大奮闘してました。

タマはジャガイモを、ノエルはトウモロコシをざく切りにしています。

「この赤い野菜はヘタと言われる緑の部分を取り除いて適当に切って、後はこのあたりは少し大きめに切って……これはちょっと細かく刻んでね。これは触った後、ちゃんと手を洗ってちょうだい。辛いから、気をつけて」

簡単に説明する。

「お嬢、水はどうしやすか？」

料理長が心配そうに聞いてくる。

「使わない方向で。野菜と魚介からの水分で蒸したいと思ってるの。無理かしら？」

……あの蓋《ふた》だと隙間がありすぎるから、無理か……いや、魔法で蓋《ふた》をすれば？　それなら、いけるか？　何事もチャレンジだ！　やってみよう！

「全部を混ぜてから蓋《ふた》をした後、魔法でさらに蓋《ふた》をするわ。しっかり蓋《ふた》をすればいいと思うの」

湯気は抜けるようにしないとダメかな？　それとも密閉かな？

「……どんな風になるか想像もつきませんが、試す価値はあると思いやす」

さすが料理長、私のことをよくわかってる。

ズラリと並べられた大鍋にそれぞれの具材がどんどん入れられ、トラジがかき混ぜています。うん、ちょっとスパイシーな香りがしています。

「じゃあ、まずは大鍋ひとつを試してみましょう。魔法を見ておいてね」

ゴトンとコンロに置かれた大鍋の蓋《ふた》を指さして……密閉かな？　密閉でいいかな？

「大鍋に魔法の蓋《ふた》で密閉」

いや、密閉だと加熱している間に爆発しそう……やっぱ穴空けよう。恐いんで！

「魔法の蓋《ふた》に直径五ミリの穴」

密閉された見えない蓋《ふた》にフシュンと穴が空きました。私にはウッスラ見えてますよ！

料理長をはじめ料理人たちと見守る中、大鍋がクツクツと煮えだしました。

プウンといい感じの匂いがしてきました！　魔法の蓋《ふた》の穴からは湯気がかなりの勢いで出てます！　あ〜魚貝とトマトの香り〜！

「試食用とはいえ、すごくいい匂いがするわね」

お腹空くわよ！

「ヨダレを我慢するのにいっぱいいっぱいでさぁ！」

料理長も同意ですね！

「おいしそうなニオイにゃ！」

「ドキドキするニオイにゃ！」

「おなかのすくニオイにゃ！」

三匹もつられています。

ヤバい……お腹空く匂い。これはヤバい予感しかしない……もう、火は通ったかな？

「料理長、一度火から下ろして様子を見てみましょう。あちらの台に持っていってちょうだい」

待ちきれない。味見したい誘惑に私はあっさり負けました。

「へい！」

料理長も負けていいます。彼は厚手の鍋つかみで大鍋の取っ手を掴むと、反対側の空いてる台に持っていきます。これは大皿を出すべき！　無限収納から出した大皿は真っ平じゃない大皿でした、ナイスチョイス！

「魔法の蓋《ふた》、除去」

料理人のひとりがサッとリアル蓋《ぶた》を取り、モアンと湯気が溢れます！

ヤバーイ！　メチャクチャいい匂ーい！　食欲湧く～～!!

「皿にあけやすぜ。ゴクリ」

うん、料理長……今、すっごい喉鳴りましたね！　私も鳴りそうです！

ザチャア……と大皿にあけられた具材は、トマトと魚貝の出汁《だし》、そこにニンニクと唐辛子が絡まり、スッゴい美味しそうです！

フラフラと近寄り、大好きなエビを掴み取り（熱そうだから指先ガードの魔法をして）ます。頭をもいで殻を剥ぐ、出てきた、プリップリの紅白の身！　大皿に広がった野菜と魚介類のソースを絡めてパクリと食べる。

…………ん～っっ！

「美味し～い！　何コレ！　すごい美味しい！」

「おっ？　コレ、アレだよな。流行りの手掴みで食べるヤツだろ？」

ナヌ？　ルークは知っていたようです。

リア充め！　デートとかで利用してたのか？　まあ、いい。利用していたのならば、味付けを知っているに違いない！

「ねえ、味付けはどう？」

ルークもエビを掴もうとして、パッと指を離しました。

「あっ！　指先を魔法で包むといいわよ」

……どうやら、周りにいた料理長や料理人たちも熱さで手が出せなかったようです。

ルークもエビを掴んでムキムキして、ソースを付けてかぶり付きます。

「ハフッ……美味《うま》い！　負けていないよ、いい味だ。うん、ビールが飲みたくなるな！　ないけど！」

あーあ、言っちゃった。ビールとか……とりあえず私たち、前世の法律では未成年なのよ。

「エリーゼったらヒドイわ！　お母様も食べたいわ！」

ん？　お母様がほっぺた膨らまして、立っていました。

一体いつ来たんでしょう？　足元にはニャンコたちも泣きそうな顔で立ってました。

「料理長、ほかの鍋も同様にできるかしら？」

一応、聞いておく。

「任せてください！　お嬢の魔法も覚えました！　いけやすぜ！　空いてる台に大皿を載せておいてくだせぇ！　でき次第、出していきまさぁ！」

料理長と料理人たちはバッと移動していきました。張りきっているので、私もじゃんじゃんあちこちの台に大皿を出して置きます。

え？　その後の私たちですか？　ニャンコたちにソースなしで食べさせたり私たちも食べたりしてましたよ。試食用のをね！

料理長と料理人たちが移動した後は、お母様もお父様もお兄様たちもやってきました。

「エリーゼ、お母様はワインを飲みたいわ」

お母様、安定のお酒プリーズです。

「ですよね」

いいワインとグラスを出しました。そりゃあ山盛りいっぱい！　もちろん家族全員分です。

宴の始まりかな？　もちろん、私とルークはブドウジュースです。それにしても嬉しそうなお母様を見ると、ちょっと楽しいです。

ふと指先を見て気がつく……これ、フィンガーボウルいるわ。でも、フィンガーボウルってこの世界にまだないんだっけ。手近な布類でガンガン拭いちゃうんだよね……

結構食べてから気がつくとか、私ったら残念だわ……

「どうぞ、こちらをお使いください」

ん？　アレク？　……うん、お父様の側近のアレクが何か布をバサバサと置いていきます。

「アレク、いいの？」

お手拭きですよね？　思わず、聞いちゃったわよ。

「お気になさらず、クリーンの魔法でどうとでもなりますので」

なるほど、クリーンの魔法ですか、そうですか……便利な魔法だよ。思いつきもしなかった。

大皿を見てみると、隅に寄せられる殻や骨がガンガン増えています！　そしてワインの空き瓶も！　皆、何か楽しそうにお話ししながら飲み食いしています……勢いが衰えていません………足りるかしら………

「パーリー状態だな」

ルークの一言にコクコクと頷きます。

「そうね、たまにはいいんじゃないかしら？」

うん、たまにはね。

「それにしても、スパイシーな香りって食欲をそそるな。どんどん食べちゃって、ヤバイかも」

食欲をそそる……か、材料はまだまだたくさんあるし追加でどんどん作ってもらおうかな。まだ食べられるし………

うん！　じゃんじゃん作って食べよう！　無限収納リスト見てもヨユー！　ヨユー！

善は急げ！　だ！　料理長に頼んでおこう！

………コンロの方を見るとすごい勢いの湯気と周りの大勢のギラギラした視線にドン引きです。

「お嬢！　そろそろできあがりますが、これじゃあ足りないかもしれやせんぜ！」

何がよ！　って材料ですよね。わかります。

「うん、材料を出せるだけ出すね。後、ワインもたくさん出すわ。その……これだけ匂いが強いと……強い……と………」

お酒もいるよね、たくさん。ってかこれ、アレじゃない？　鰻屋の前を通ると誘われる……みたいな……

ジークフリート殿下はどうでもいいけど、一緒にいる兵士たちやさっきお母様に問い詰められてた方とか、可哀想かも……おすそわけするかお父様たちに相談してみようかしら。

台の上に最初に出した分よりも多い量を出しておく。さらにもっとも収納量が多いワインを出す……瓶じゃなくて樽（小）だったので、かなりの量です。

…………あれ？　収納リスト見ても、たいして減ってないや。訳もわからず、収納しまくった弊害かしら？　野菜は八丈島で栽培、収穫するからどんどん増えていくし、問題は全然ないのだけど。

「旦那様方にも追加しましょう！　これだけあれば、どうにか……ならないかもしれませんぜ！」

ちょっと料理長！　張りきって足りない宣言しないで！

「まだまだたくさんあるし、追加でどれだけでも出すわ！　安心して調理してちょうだい！」

多分王宮の夜会などでも余裕持って出せるような量なのよね……

夜会や晩餐会の夕食に……と思えば結構な量は当たり前か、夜会や晩餐会は何百人と呼ぶしね。

どんだけ邸《やしき》の倉庫に置いておいたのかしら？

家族の元に戻ると大皿の中はほとんどなくなっているようです……

うん、お母様、私を見るのを止めてください。これは試食なんですよ。まだまだ出ますから。

「美味しかったですか。新しい料理は気に入っていただけましたか？」

とりあえず聞いておこう。

「とっても美味しかったわ。でも、私……もっと楽しみたかったわ」

まったくお母様ったら。そのうち来ますよ……

「そうだな……」

「お待たせいたしました！」

「おっ！　おおおっ！」

お父様がフォローしようとしたら料理長が勢いよく来ました（笑）

ザッチャアァァァ……

追加分が大皿にぶちまけられました。大量です。

「失礼いたしました！」

若い男性料理人も颯爽《さっそう》とやってきて、料理長と一緒にコンロへと戻っていきました。

ホッカホカのアッツアツが山盛りになってます。あっ、エビ多めで嬉しい！

「また、たくさんきたにゃ！」

「いっぱいあるにゃ！」

「主！　たべたいにゃ！　ボク、まだたべられるにゃ！」

三匹も嬉しそうにピョンコピョンコしてアピールしてきます。

ルークと顔を見合わせてクスクスと笑う。おっと、お父様に一応相談しとこうかな。

「エリーゼ、大丈夫なのか？　こんなに使って……」

「大丈夫です、むしろ消費が収納量に追いつかないかもしれないと思ってます。つきましては、一層の消費のために、討伐隊の皆様にもお手伝いしていただきたいくらいですわ」

いや、お父様。倉庫だけじゃなくて島でもとれているっぽいから、今一方的に増えているんです……むぅ……とお父様をはじめ、お母様もお兄様たちもルークもちょっぴり思案顔になりました。

ダメかな？　この先も肉類はゲットできるだろうから、魚介類はもっと減らしてもいいかと思ったんだけどな。

「エリーゼよ、そんなにあるのか？」

お父様が聞いてきました。

「あります。王宮に納めていた分をそっくりそのまま収納したので、かなりあります。ヘタしたら領地まで持ちそうです」

本当のことは言えません。

「…………そんなにか…………」

お父様は渋々のお顔で家族全員の顔を見回し……ひとつ頷きました。

「仕方ない、討伐隊兵士たちにふるまうのもよかろう。こちらに呼んで食事だけ楽しんでもらう、それならばよかろう」

ホッと一安心です。貝類とかよくわからない種類もあるので助かります。

「では、料理長に伝えて参ります」

サッと身を翻して料理長の元に行こうとした瞬間です。

「ちょっ！　待てよ！」

ルークです。笑っていいですか？　ここでそれ、言っちゃうとかダメでしょ。

「今の笑うトコよね？」

一応確認です。

「笑うトコじゃない。いいのか？　あいつも来るぞ」

あいつ？　あいつって誰よ？　あっ……察し。何を心配してるのかしら？

「来たところでなんだと言うの？　私の夫になるのはルーク、貴方でしょう？　台はまだ幾つも空いているわ。離れた位置なら、問題もないでしょう」

真剣な眼差しで私を見る貴方……昭和の歌かしら？　恋愛系の漫画とかの鉄板ネタだけど、いつでもどこでも変わらないからこそのネタなのね。ヘタレ殿下のことだから、私の近くに来るとは思えないけど……心配性なのね。大丈夫、近付いてきたらボコってやりますわ。

「ウオッホン！　いつまで、そうやって見詰めあってる。エリーゼも料理長に伝えるなら、早く行きなさい」

あら？　お父様が拗《す》ねちゃったかしら？

「エリーゼ、私も一緒に行こうか」

キャスバルお兄様が笑顔でやってきて、エスコートしてくれます。

あっ、ルークが出遅れたっ！　って顔したわ。

「ルーク、うちのニャンコたちをよろしく」

ちゃんと頼んでおかないとね！

「わかった」

ルークがサムズアップで応えてくれました。

キャスバルお兄様と一緒に料理長のところに行き、キャスバルお兄様は討伐隊の野営地へと歩いていきました。

「お嬢、どうしましたか？」

ちょっとだけ心配そうに料理長が聞いてきました。

「あぁ、うん……後続の討伐隊兵士の方たちもお呼びして食べていただくことになったから……ってあちこちに大分ばらけたわね。どんどん作ってるのね、じゃあ追加分をさらに出しておくわ」

パッと見た台の上の材料は結構減っていました。コンロ八台で作りまくっているから、できるの早い。けど、食べるペースも早いから作るペースを落とせないのね。

再度、具材や調味料など山盛りに出しておきました！

家族とルークの待つ台に戻り、魚や貝も食べ進める。

あ〜飲みたいなぁ……チラッとルークを見る。ルークと目が合っておや？　って顔されたわ。隣に立っているのに視線が合うとか、私……そんなにアピールしてたかな？

でも少しくらい、雰囲気出したってよいよね？

「ねえ、ルーク。ワイン飲んでるっぽくしてもよいよね？」

あー……って顔してる。でもダメって顔じゃない。

「いいけど、冷えたブドウジュースが飲みたいな。ワインだって冷やしたものだし……スパイシーだからブドウとは合ってるとは思うけどな」

ひとつ出して魔法でうんと冷やす。

私のグラスもルークのグラスもすでに空になっている。

キンキンに冷えたブドウジュースをふたつのグラスに注ぐ。

グラスの中、深い赤紫色の液体が沈む夕日の光を受けて、まるでワインのように妖しく揺らめいている。

私はグラスをひとつ静かに持ち上げ、もうひとつのグラスを見つめる。ルークの男らしい指先がグラスを持ち上げる……私はルークを見上げて微笑むとルークも優しく微笑む。ソッとグラスを合わせる……マナーとしてはよろしくないのだけど、グラスの合わさる音が好きで聞きたかった。長いこと聞かなかった音。チン……と小さく涼やかな音を聞いて、私たちは小さな声で「乾杯」と呟いた。この世界では誰も言わない言葉だった。

コクリと飲んだブドウジュースは甘かった。甘くて頭の芯が痺《しび》れそうだった。

「む……甘いな……」

ルークの呟き。ジュースだから当たり前なんだけど、同じ気持ちなのかも？　と思うと嬉しくて

笑顔になってしまう。

照れ隠しのように大アサリの身を殻から外し、ソースをたっぷり付けて口に運ぶ。スパイシーなソースとジューシーな大アサリは生臭さを感じることなく実に美味！　ジュースと合わせても、まったく問題を感じない。

ルークは大ハマグリを殻から外して、やはりソースをたっぷり付けて口に運ぶ。咀嚼《そしゃく》して呑み込み、ジュースを飲み干す。

「悪くない、でもやっぱりビールか冷酒が欲しくなるな」

もう！　アルコールはダメ！

「ホント、冷酒飲みたいわねぇ……」

あー……でも前世は成人していたからノッちゃう！

「ねぇ、エリーゼ。冷酒は美味しいの？」

「美味しいですよ、魚介類とは相性抜群でとても……」

思わず、返答してからグルゥリと声の方を見れば、お母様が興味津々でこちらを見てました。

しまった！　この世界では新しい酒類になるのに！

「いつか、私も飲めるかしら？」

お母様の問いに変な汗が背中をつたう。

「もちろん、飲めますわ！　ええ、飲めるよう頑張りますわ！」

ほかに言うことができなかった……

「楽しみに待ってるわ！」

お母様にいつの日か冷酒を飲ませる約束をしました。

反省はしません……だって、いつか私も飲みたいですから！

私もルークもお腹一杯になるまで食べ続け、ジュースをやめて冷えた水を飲んでいました。

ドヤドヤと多くの兵士たちがもっとも離れた台に集まり、魚介の蒸し料理を食べ始めました。

殿下もいましたけど、ルークがピッタリ隣にいたので近付く気配もありませんでした。

フワフワとした気持ちのまま、ルークの隣にいるのはなんだか居心地がよくて幸せだった。酔っているわけじゃないのに変な感じ……


さて食事も終わったし、デザートは……今すぐとかちょっと無理。お腹パンパンで動くのツラい。まだ、兵士の皆さんもいるし、後でもいいかな……ハフと息を吐いて冷たい水を少しずつ飲む。

遠目に見える兵士たちは気持ちいいくらい食べているようで、追加分を出すほど。体が資本の人たちだもの、たくさん食べてもいいよね！　と思い、じゃんじゃん作って食べさせました。

追加で出して、さらにまだ食べるかと思ったら料理長から充分だと止められました。どうやら食べるペースが落ちてきたので、足りるだろうとのことです。

ひと休みしたからか少し余裕ができました。

贈り物にする甘味のための材料を出すかな。まずは砂糖の前に果汁作りかな……なんて思っていたら、討伐隊の兵士の皆さんからお礼を言われました。

ホッと一息つき、果物を何種類か出す。

鍋に果物を入れ、上から圧力を掛けて果汁を出す。木綿で果汁を濾《こ》して不純物を取り除く。

「この果汁を少し煮詰めてちょうだい」

手近なところに立っていた料理人に鍋を手渡す。

鍋をコンロに掛け、果汁を煮詰めると香りが立つ。

次々と様々な色の果汁が煮詰められ、濃い色になるとコンロから下げられる。

新たな鍋に砂糖を入れ、加熱して果汁を足す……木べらでかき混ぜると、砂糖が溶けて飴状になる。それを台の上に出してもらう。

私は両手に保護魔法を掛け、出された飴を練り上げる。形はどうしよう？　魔法でなんとかできないかな？　などと念じながら小分けし、かつて見た王宮のバラ園のバラを思い出す。

……チョチョッとやっただけで、飴でできた美しいバラが完成しました。何たることよ。

料理長に一通り説明しながら、次から次へとどんどん作る。

料理長も料理人も次々と作り出しますが、なかなか美しい形にはできません。こうなると仕方ありません、成形は私がメインでやります。

私が果物をじゃんじゃん出し、料理人たちが果汁を煮詰めるところまでやります。

バラ以外にもいろんな花を作ってみました！　もちろんバラが一番多いですけどね！

どんどん作り続けるうちに、様々な色のバラの飴ができました。赤・紫・薄い黄色・淡紅色・薄い緑・黄緑色・オレンジ色……たくさんの色、たくさんのバラや花たち……

「あの日見たバラのようだわ……素敵ね。ね、エリーゼ……この赤いバラを食べてみても？」

お母様が足音も立てず近づいてきて、隣でソッと赤いバラを手に私を流し目で見ながら囁《ささや》きます。

うわぁ……メッチャ色っぽいです……これは勝てません！　さすがです！　お母様！

「もちろんですわ、味見も兼ねて齧《かじ》ってみてください」

ミニサイズの赤いバラの飴をお母様の紅い唇が軽く挟み、真っ白な歯でカリッと齧《かじ》る。艶っぽいって言うの？　色気がパないです！

カシャアンと軽やかな音を立てて、お母様の口の中で赤いバラが砕けていくのがチラリと見えます。余りの色気に目も逸らせずに見入ってしまいました。

お母様の白い指先が残った赤いバラを口の中へと押し込み、すべてを口に収めてしまう。

シャリシャリと軽やかな音がお母様のお口から聞こえます。やがて音が消え、ホゥ……とお母様のため息が漏れました。フワリとお母様の吐息が香ってドキリとします。

「これは素晴らしいわ。美しく香りよく、貰った方はこれが甘味だとは思わないかもしれないほどよ。それでいて味も素晴らしく良い。さすがエリーゼよ、私……こんなの初めてよ……」

あざーす!!　お母様の初めてとか嬉しいです!!

「ありがとうございます、お母様。お母様に褒められると、本当に嬉しいです。我が家の料理人たちも作れるようになってきてますし、この先領地で飴を作ることもできるでしょう。特産品のひとつにまで成長させられれば本望です」

うん。料理長たちも隙を見て成形に挑戦しています。まだ美しいとは言えませんけれど。

「エリーゼよ、この出来ならば問題なく特産品のひとつになるだろう。問題は砂糖だが、これも早々になんとかできるだろう。…………エリーゼ！　婚姻なんぞせずに、我が家でずっと暮らしフグゥッ!!」

うん、お父様バカですね！　お母様がいるのに、そんなこと言ったらダメだって学習しましょうよ。

お父様はどうやら、ご自分の腹部にお母様の強烈パンチを喰らったようですが、吐かずに堪えきったのはさすがとしか言えません。魚介で胃がパンパンなのにね！

お兄様やルークも料理長たちが作った少し不格好なお花の飴をお口に放り込んで、微笑んでます。

「そろそろ私の馬車から、贈り物用に作った箱を持ってきてちょうだい」

アニスに向かってそう言うと、シャキッとしたアニスが気持ちのいい返事をします。

「はい、エリーゼ様！　母様、行きましょう」

アニスはお母様の専属侍女トリオと一緒に行きました。

さて次はメレンゲ菓子です。これはイチゴ果汁一種類で作ろうと思ってます。

卵をたくさん出し、料理人たちに卵黄と卵白に分けてもらいます。

イチゴを出して、果汁を煮詰めるところまでやってもらいます。卵黄がどっちゃり入った鍋は、そのまま収納してしまいます。

さて鍋に入った卵白を魔法で攪拌《かくはん》する……あっという間にフワッフワの真っ白なメレンゲができたので、砂糖と煮詰めたイチゴの果汁を入れ、再度攪拌《かくはん》します！

濃いピンクのメレンゲができました！　ピンッと立つツノ！　いい感じ！

大きめのスプーンで真っ平な皿の上にいくつかチョコンと載せていきます。

「ドライ」

シュゥンとメレンゲから水気が抜けていきます。うん、いい感じですよ！

ひとつ手に取り、口の中に放り込む……

メレンゲ菓子や！　間違いなく、イチゴ味のメレンゲ菓子ができました！　思わず笑顔です！

そしてドライの魔法便利！

「エリーゼ、いいのね！　美味しいのね！　ねっ、お母様にちょうだい！」

お母様が少女のような笑顔でおねだりします。パッとお母様の手にメレンゲ菓子を載せると、ためらいなく頬張りました。すぐに蕩《とろ》けるような笑顔を見せたお母様に、一安心です。

「エリーゼ様、お待たせいたしました。箱をお持ちいたしました」

すでにメレンゲ菓子は料理長はじめ、料理人たちが作ってます……大量に。

並べられた箱に色とりどりの花の飴とメレンゲ菓子を入れていきます。

「これを王都にいる方に手紙と一緒に贈れば、お心を慰められるかしら？」

期待を込めて呟く。

「そうね、慰めになるかどうかはわからないけど、喜んでもらえることだけはわかるわ。グレースの分も作ってくれてありがとう、エリーゼ」

お母様は王妃殿下とキャロライン妃様に、私はアンネローゼとミネルバに……明日、王都に向けて出発する我が領地からの定期便に手紙とともに託す。

箱に入りきらなかったメレンゲ菓子と飴細工は今晩のデザートです。

お母様も私もニコニコで口にしました。甘くて美味しい甘味、あちこちで笑顔が見られる。

「エリーゼ、すごく美味しい。特にメレンゲ菓子は甘みと酸味が絶妙。絞り器で形を整えたら向かうところ敵なしの最強スイーツだな！」

ルークよ……なんでソレ言っちゃうの？　絞り器ないから言っちゃダメ。

「うん、ルーク。その褒め言葉は嬉しいけど……」

「ゴメン、でもすごく美味しい。きっと姉上も喜ぶよ、姉上も甘味大好きだからさ」

あら？　キャロライン妃もスイーツ女子なの？

「そう、じゃあ小まめに贈る？　友人も王宮に入るし、まとめて送ってしまえば簡単よね？」

ふたりとも、側妃となるからなぁ……王子がこっちにいる間はいいけど……

「できれば、そうしてくれると嬉しい」

お姉さん思いなのね。

「じゃあ、そうするね！」

ふたりでコソコソ話して、決めました。

ま、お母様が贈り主になるから、後日そのように取り計らってもらいましょう。

……ふと視界に入った、小さな子供とうちのニャンコたちが群れて手に飴を持ち、メレンゲ菓子をモグモグしている姿はなんとも愛らしい。周りの大人たちがやれ食え、それ食えと次々とお菓子を与えています。クイクイとルークに合図を送ると、小っちゃい群れを眺めていました。

「こういうの、いいな」

ルークが甘い笑顔です。イケメンのイクメンモードです！

「うん、なんかホッコリする」

私たちはコンロからの温かい空気とニャンコたち、子供たちの温かい雰囲気に癒され、ゆったりとした気持ちでこの夜をのんびりと過ごした。

楽しい一時を過ごした後は、馬車に戻って側妃となるふたりへの手紙を書くことにした。

ふと思った。……きっと今晩は水や飲み物が必要になるかも。塩分過多だったしね。甘い物も喉渇くっていうし……

手近な台に大鍋を置いて、飲み水をいっぱいまで張っておいた。足りなければ隊員が足すでしょう。

ルークのところに戻って話しかける。

「そろそろ私は馬車に戻るわ。手紙を書きたいしね。タマとトラジはまだここにいたいようだし、よければノエルと遊ばせてくれると嬉しいわ」

ルークは大きく頷いてくれた。

彼は面倒見がよくてとても頼り甲斐があるから、ついつい甘えてしまう。

「ああ、タマとトラジに一言断ってくれれば、ここで見てるよ。今日は僕の馬車に泊まることになっている。僕はまだまだ飲むみたいだしな」

お父様は台の近くで楽しそうにワインを飲みながら、お兄様や側近たちと喋っている。お母様は子供たちの近くで何か喋っているけど……まぁ、いいっか。

「タマ〜！　トラジ〜！」

二匹はパッとこちらを見ると、両前足をあげるバンザイスタイルで走ってきました。

「よんだにゃ！」

「どうしたにゃ！」

二匹は目をキラキラさせながら、私を見上げています。

「私は今から馬車に戻って手紙を書くのだけど、タマとトラジはまだここにいる？　いたいなら
ルークが近くにいてくれるから、ノエルと仲良く遊んでいていいわよ」

私の言葉にタマとトラジは嬉しそうに尻尾を振る。

「いいにゃ？」

「あそんでていいにゃ？」

「いいわよ。そのかわり、後でちゃんと馬車に戻っていらっしゃい。戻ってくるときは、ルークと
ノエルにちゃんと挨拶するのよ」

二匹はパッとルークを見るとピッと敬礼した。いったいどこで覚えたのやら……

「ありがとにゃ！」

「よろしくにゃ！」

タマとトラジはルークにお礼を言う。いつの間にやら、ルークとも普通に喋るようになった。

「ああ、ノエルと一緒にいてくれ」

「にゃっ！」

ルークの言葉に二匹は短く返事をすると、やはりバンザイスタイルでノエルのところへ走って行った。

「じゃあ、よろしくね」

ルークに挨拶をするとチュッと頬にキスをされた。

「ああ、安心して手紙を書くといい」

さすがにリア充だった人はやることが違う。いや、攻略対象だったから？

私はアニスと連れ立って、保存箱をひとつずつ持って自分の馬車へと向かう。

「エリーゼ様、この箱ですがリボンを結んだらどうでしょう？　ちょうど、新品の物がありますしすぐに出せます」

馬車に向かう途中、アニスが提案してくれました。

「いいわね。色違いを二本出してちょうだい」

素敵です！　素敵な提案です！

「はい、では箱はいつものエリーゼ様のお席に置いておきますね」

「え……ええ……」

馬車に着いてアニスが先に入ると箱を少し奥に置く。少し背伸びして手慣れた動作でパタパタと思いもよらないところを開ける（主に対面の上）。リボンがたくさん入った箱を取り出し、その中から二本取り出すとまたしまい込んだ。

どんだけ収納スペースあるんだろう……謎だ。

「お待たせいたしました」

アニスは私から保存箱をもぎ取ると、先に置いた保存箱の隣に置く。それから私を見てニコニコしながら待っている。いつもの場所は保存箱が置いてあるため座れない。こっち側に座れってことよね。

無言で対面に座ると、アニスは馬車の中をパタパタといじりだし、目の前にテーブルを出しました。さらにパタパタといじって羊皮紙とペンとインクも出してきました。

「いろんなところにしまってあるのね……」

もうビックリするヒマありません。きっと私にはわからない物もあちこちにしまってあるはず。

「そうですね、特注品ですからね。ある程度は対処できるように造られています。私は箱をリボンでしっかり結んでおきますね」

そう言うとアニスはリボンで箱を綺麗に縛り上げ始めた。手際いいです。

私？　私はアンネローゼとミネルバ宛の手紙を書きましたよ。

私が書き終わる頃には、ふたつともしっかり蝶々結びされていました。

手紙をクルクルと巻いて、封蝋を施すとアニスが紐で結んでくれます。

これで定期便に託せば終了だ。

朝でいいかな……だって、今、夜だし……もぅ、外に出たくない。

パタパタとアニスがテーブルをしまってしまう。立ち上がるとアニスは箱をこちら側に移動させた。

「さっ！　こちらでお休みできますよ。馬車の鍵は開けておきましょう、目隠しの布は掛けてありますし、楽にしてくださいませ」

タマとトラジが帰ってきてないもんね。

「ありがとう」

座席の上に乗り上げ、敷毛皮の上にゴロリと横になる。

「あ～今日は食べ過ぎたわ～！」

アニスがクスクス笑ってる……

「初めての料理でしたけど、どんどん食べられちゃうんで、気づいたら満腹で驚きました。最後に食べた飴やメレンゲ菓子もとても美味しかったです」

アニスがお菓子の箱と手紙をセットしてくれています。ちゃんと見てくれていたようです……

でも中のお菓子は同じだから、手紙さえどちら宛てかわかればいいんだけどな……

ウトウトしだしたら二匹が戻ってきたので、アニスがカチンと内鍵を締めてくれて、私たちは寝ました。それはもう、スヤスヤと朝までグッスリね！

道を違えて

あっさでーす！

「おはようございます、エリーゼ様」

アニスは今日もいい笑顔です。

「おはよう、アニス。早速だけど、手紙と保存箱を持っていきましょう」

渡すのを忘れたり、定期便の者が行っちゃう前に済ませるのが吉ってことよ！

「はい」

私たちは箱と手紙を持ち、定期便の者がいる場所へと連れ立って歩いていった。

なんとなく、微妙に変な雰囲気が漂っている気がするけど、スルーしておきます。

すでに出立の準備を始めている定期便の一団に、保存箱と手紙を託すと彼らは大きく頷き、ワインや蜂蜜などの高級品の馬車へとしまい込みました。

朝食を済ませ次第、王都に向けて出発するそうです。その朝食の準備も料理人がすでに取り掛かっていて、これから食べに行くとのことでした。

「これで一安心だわ。彼らは移動が早いし、ひょっとしたら返事を持ってまた私たちに合流するかもしれないわね」

定期便の機動力はちょっとスゴイのです！

「そうですね、私たちの一行にはあまり長旅ができるような馬車や馬じゃない方がいますからね。無理はさせられませんし、ゆっくりした旅もいいものだと思ってます」

私たちの旅は実にのんびりした馬車旅だ。中にはロバも交じってるから大変。

特に時間制限がない旅は、思いのほか楽しくて軽やかな気分だった。

私とアニスは笑いながら、自分の馬車へと歩いていった。

一度馬車に戻るとタマとトラジはまだ眠りながらウニャウニャしている。いつも起きる時間より少し早いため、起こすのもちょっと気が引ける。

「アニス、馬車の中でお茶を飲みたいのだけど」

もう少し馬車の中にいよう。

「畏まりました、では支度して参ります」

そう言うと何かパシンパシンと開けたと思ったら、持ち手の付いた木の箱を出す。パタンパタンと昨日出したテーブルをセットし、木の箱を一度開けた。開けっ放しになっている棚から缶を取り出し紅茶をザラザラと入れ、箱を持って馬車から出ていく。あの木の箱の中にポットがあるのね。直《じか》に持たない工夫のようです。

開けっ放しになっているところには、カップ&ソーサーが入っていました。ああ、紅茶に使う道具類も入っています。

ほどなく戻ってきたアニスは木の箱をテーブルに置き、中からいつも使う白いティーポットを取り出した。カップ&ソーサーを取り出してクルクルと撫でると、満足そうに微笑み、ティーポットから紅茶を注ぐ。フワリと漂う紅茶と桃の香り……私のお気に入りの紅茶の香り。

「エリーゼ様、蜂蜜はお入れいたしますか？」

アニスが小さな可愛らしい小瓶を持って聞いてくる。

「少しだけ入れてちょうだい」

小瓶から少し蜂蜜をカップに垂らし、ティースプーンで溶かして私に差し出す。受け取り、まだ少し熱い紅茶をゆっくり口に含む。

「美味しい……アニスも飲むといいわ」

「はい。いただきます」

もうひとつカップ&ソーサーを取り出し、紅茶を注いで蜂蜜を溶いた……静かに私の隣に座り、私を見ながら紅茶を飲む。

「ハフ……美味しいですね、これで後続の討伐隊が離れれば私は一安心です」

アニスの言葉に小さな溜息が漏れる。

「私も一安心よ。度々、私に声をかけてきて気分が悪かったのよ。ルークに誤解されたくないし……昨日も時折、ネチっこい視線を飛ばしてくるし……清々するわ」

思わず愚痴ってしまった。けど、アニスは私に一生ついてくる専属侍女だ。秘密を持つようなことはあまりよくない。

「よかったです、エリーゼ様と同じく私も清々します。本当、いつまでもウロウロと近くをうろついて邪魔くさいったら。今日からは本当に楽しめますね！」

「ね！」

私たちは笑いながらあの残念なジークフリート殿下について話した。

紅茶を飲み干すと、アニスは使った食器をクリーンで綺麗にしてサッサと片付けた。

「さて、そろそろ皆も起き出してくる頃合でしょ。私は広場に向かうわ。タマ、トラジ。朝ご飯を作りに行くわよ」

私はアニスにそう言うと、アニスはしっかかと頷いた。

「うにゃ……おきるにゃ……」

「にゃう～……おきるにゃ……」

タマもトラジもクシクシと目を擦ってる……寝足りないようだけど、後でお昼寝してもらわないといけないので起こしてしまう。

私が馬車を降りると、タマとトラジもピョンピョンと飛び降りてついてくる。

広場にはすでに簡単な食事が作られていたが、量としてはわずか。それも振る舞った後だと思われた。定期便の一団のぶんだとわかる。

「お嬢、おはようございます。こりゃあ、王都に向かう連中に食わしたやつでさぁ」

料理長が申し訳なさそうに言う。

「わかっているわ。材料は見張り番用に出しておいた物で足りたの？」

夜に見張りをしてくれている人たちのために、ある程度出して置いてある。

残った材料は朝食へと回されるが、翌朝見ると意外と残ってたりする。

「昨日の夜、皆食べ過ぎたらしくて、夜中はほとんど使わなかったんでさぁ！」

やっぱり～！　私も食べ過ぎたからなぁ……まだ胃に少し残ってる気がするもの。

「そう、では今朝は軽いものがいいわね。スープとパンと何か卵料理を作りましょう。昼ご飯に肉料理かしら？」

昼に肉料理は重いかしら？　でも意外と食べれちゃうのよね。

「そうっすねぇ……それでいいと思いまさぁ」

ドサドサと台の上に卵や野菜、パンをたっぷり出す。

料理人たちがテキパキと野菜を刻み、水を満たした大鍋に入れて火に掛ける。野菜の優しい香りがフンワリと漂う。

トラジがそれぞれの鍋を掻き回していく姿はここ最近の定番で、多くの人がトラジのクッキングタイムを楽しみにしている。まぁ、ニャンコのお手伝いってだけで癒されるものね。

一通りトラジが掻き回した後は、タマやノエルも掻き回すのでますます人気になっている。

ノエルがたったか歩いてやってきて、一緒に鍋を掻き回している。

「おはよう、今朝はあっさりメニューだな。助かった」

ルークがゆっくりと近付いて話しかけてきました。

「昨日は食べ過ぎちゃって、さすがに胃がまだ重いのよ」

本当のことを告げる。だって嘘はつきたくないもの。

「一緒だ。俺もちょっと、来てる」

なんだかルークと離れたくなくて、ずっと側にいた。朝食が済んで、馬車に戻るまで……

朝ご飯が終わり、馬車に戻った。討伐隊の野営地では、すでに天幕は畳まれ、荷馬車に積み込まれている。馬も馬具などがつけられ、隊員が数名馬の側にいる。走り回る隊員もいて、出発前の確認などが行われているとわかる。

彼らは王家の討伐隊のため、王家直轄地が目的地となる。なんとなくだが、彼らは新しい道を進む気がする。

私は馬車の窓から見える風景……でも、もう一方は見えないように目隠しの布がかけられている……を眺めていた。

「そろそろよろしいですか？」

アニスが聞いてくる。私も余計なことは口に出したくなかった。

「ええ、十分よ」

目隠しの布がかけられ、馬車内は薄暗くなったけど、今日はそれがよかった。

ジークフリート殿下のこと、嫌いじゃなかった……ただ興味がなかった。愚かで幼いあの人を支えるのだと思って過ごした時間はムダになったけど、厳しいマナーやダンスはムダにならなかった。

帝国皇子であるルークと婚姻を結ぶ私にとって、それらは有利に働くでしょう。

でも十三年間の私の思いは傷つけられたし、友人たちの希望も傷つけた。

もっと……、もっとほかに何かできただろうにと思う。

でも、今の私の気持ちはルークへと傾いてしまった。

これまでの時間も何もかも捨ててしまってもいいほどに……

道が分かれるように、私と殿下との道も分かれてしまいました。

私は離れゆく彼らを見たくなくてカーテンを引きました。

多分、これで二度とお目にかかることはないでしょう……

背もたれの板がいつもの位置ではなく、少し後ろに変えられていた。夜、眠るときは横に嵌められ全身横たえれるようになる。通常はちょうど腰掛けてクッションにもたれるとベストな位置にある。

まさか、その中間があるとは思わなかった。

体を乗り上げ足を伸ばす。パフンとクッションに倒れ込むと、リクライニングシートみたいな体勢になった。同じように乗り上がってきたアニスがひざ掛けを掛けてくれる、と思ったら一緒に被って……いや、タマとトラジも入ってきました。うん、結局団子状態でのお休みタイムですね！

「温かいわね……」

「はい……」

少しだけセンチメンタルになったけど、すぐに目を閉じてしまう。

「キモチイイにゃ……」

「ぬくぬくにゃ……」

アニスもタマもトラジも言葉少なく大人しくなってしまった。

そんなこんなであっという間に寝落ちです。

ふぁ……なんか随分寝た気がするけど、馬車はまだ動いていた。

マップで確認すると、討伐隊とは随分離れていた。

「本当に別れたんだ……」

と言っても、ものすごく離れているわけではない。広い平地のど真ん中を突っ切るこちらの街道と、丘陵地帯を目指すあちらの道……

丘陵地帯……か。そう言えば、領地の我が家はだだっ広い丘の天辺に建っていたな。あのサイズ感とか……あれは館じゃなくて城だよな。丘に建てられたドデカい城！　洋館じゃなくて宮殿！

クキュウ！

オゥ！　私のお腹はとても正直デース！　お昼ご飯何食べよう！　今、考えるべきはお昼ご飯のこと！

たくさん食べたい、でもアッサリしたものがいいな。焼き肉……ポン酢かワサビ醤油で食べたい……白ネギの素焼きとか……イイッ！　決まりだ！　今日のお昼は焼き肉！　野菜多めで！

「早く着かないかなーお腹空いたなー……」

「私も空きました」

私の腕の中でヒョコッと頭を起こし、アニスが上目遣いで見てくる。

アニスの柔らかい髪を撫で、滑らかな肌に頬ずりする。おセンチだった気持ちも吹き飛んだ。

「ズルイにゃ！」

「ボクもするにゃ！」

いつの間に起きたのかタマとトラジがピョコンと毛布から飛び出してきます。二匹とも私の頭によじ登って頬ずりしようとしています。私の顔の近くでお互いが負けじとグリグリと頑張ってます。うん、ちょっと痛いです。

「仕方ないなぁ……アニス、ごめんね」

何気なくグイグイとアニスを押してる二匹をどうにかしないと……

「ふふっ、いいですよ」

足蹴にされてるのに笑っているアニスに一言断って、ソッと体を離す。

くっついていたタマをヒョイと抱き上げ、空いた場所に移した。トラジも頭から降ろして、タマの隣に座らせる。

ひとしきり、二匹を撫で回した後で馬車が止まる。

「昼の野営地に到着したようね」

「はい、では布を取ってしまいましょうか」

「ええ、外の景色を少し見たいわ」

マップでは平地だったけど……

アニスがパラリと布を端に寄せた。

ブッシュがあちこちにある草原でした。ライオンとか出そうな雰囲気です。そんな生き物いませんけど。

「あっ！　今、領主隊の皆さんが場所作ってますよ！」

アニスありがとう！　私はただいま、マップで確認していますよ！

「じゃあ、そろそろね。それまで、ゆっくり待ってましょう」

やっといつもの調子に戻れそうです。

「はい！」

アニスの返事も明るくなったように感じます。

「アニス、先に行ってる！　もう、お腹ペコペコよ！」

馬車を飛び出し軽く走る。タマとトラジも走ってついてくる。

別に我慢してたわけじゃないけど、早くご飯食べたいのよ！

開けた中央広場の真ん中に四阿《あずまや》とコンロ四基を作ってしまう。作業台も各コンロの両脇に作ってある！　十分なスペース！

各コンロの近くに今すぐ使える薪をドサドサと出してしまう。

「料理長！　今日のお昼は焼き肉よ！　今からお肉を出すから、適当に薄めに切って！」

私の言葉に料理長も嬉しそうな顔になってます！

「あいよっ！」

手近な台に山盛りいっぱいのボアの肉を出す。

それをじゃんじゃん切っていく料理長と数人の料理人。各コンロに薪がくべられ、火を点けられる。

「味は醤油とこの黄色の実。レモンを搾った果汁を合わせたものかワサビ醤油。もしくは塩で食べましょう！」

料理長は無言で醤油とレモン汁を合わせた。スプーンにわずかに掬《すく》った汁を手の平に落としてペロリと舐めては味を調《ととの》える。

ワサビ醤油はすでに何回か使っているので、特に抵抗はありません。ワサビ醤油はトラジが作りました！　西洋ワサビとワサビ根を混ぜているので、辛みはちゃんとあります！

出された塩も見慣れた塩なので、問題ありません。

タマとノエルが塩を各台に持っていきました。お手伝いニャンコバンザイです！

「うん、お嬢！　これなら、どうですかね？」

ボウルに入ったお手製ポン酢を持ってきた料理長に言われて、ちょっとだけ小さじで掬《すく》って味見する……。

うん、悪くない！　てか、美味しい！

「いいわね、これを各台に分けて置きましょう。スプーンを入れて、好みで使えるようにしておけば大丈夫でしょう」

料理長がパッと料理人に指示を出します。肉が各コンロの近くの台に持っていかれます。

次は野菜です。思いつく限り出していきます。ナス・タマネギ・シイタケ・ニンジン・トウモロコシ・カボチャ・アスパラガス・キャベツ・ピーマン……

料理人たちがどんどん切ったりなんだりしてくれました！

「肉も野菜も焼き出せ！　じゃんじゃん焼いていけぇ！」

料理長の号令で各コンロに張り付いている料理人がじゃんじゃん焼きだしました！　あっちこっ

ちでジュウジュウ聞こえます！　焼けてくる匂いもしてきました！

お腹空くぅ！

多くの人がワラワラと各コンロへと散らばっていきます。

今日はレモンを使ったレモン水を作ってあちこちに置いてもらいましょう。

サッパリするからね！

ポンポンと鍋を出し、水を入れレモンの輪切りを数枚ずつ入れる。勘のいい料理人がペコリと頭を下げてから、あちこちの台に持っていった。

「エリーゼ、ほら取り皿と箸。お腹空いてるだろ？　一緒に食べよう」

ルークが気をきかせてくれました！　こういうところがモテる秘訣に違いない。

「ありがとう」

素直に受け取り感謝する。こういうのも大切よね！

「ごはんにゃ！」

「おひるにゃ！」

「おなかすいたにゃ！　はやくたべるにゃ！」

三匹とも子供のようにおねだりモードなのかしら？

ルークを見ると、足元のノエルがグイグイとルークの武装を引っ張っています。

「よっぽど、お腹空いてたのね。これはたくさん食べさせないとね」

気持ちはお母さんです。

「まったくだ」

ルークもお父さんモードみたいです。

私たちは心から笑い合ってたくさんのお肉を食べました。もちろん野菜もです。

レモンのポン酢でサッパリ食べるお肉もいいものです。ワサビ醤油もちょっと辛くて美味しくいただけました！

ニャンコたちもウマウマ言いながら食べてました。本当に味付けしてても大丈夫なんだなとか、なんでも食べれるんだなとか、猫扱いしなくてもいいんだと考えを改めました。

でも、ついつい気にしちゃうんですけど。やっぱり見た目に引っ張られます。

「ホッとした」

ルークがポツリと私に聞こえるように呟いた。私は思わずルークの顔を見た。

「やっと目障りな奴がいなくなった」

少しだけルークの目が険しくなった。

「……気にしていたの？」

ドキリとしてルークの顔を見つめる。

「してたよ……朝、離れていくあいつを見て笑ってやった」

ルークのこんな顔、初めて見る……

「どうでもいい人なんだし、気にすることなかったのに」

そんな風に気にしてるとは思わなかった。

するとギョッとした顔で見つめられる。

なんでと思ったら意地悪な顔で笑われました。

失礼です。え？　何？　私、何か変なこと言った？

「そうか、どうでもいい人か……エリーゼの中では、どうでもいい人なんだな。じゃあ、俺も気にしないよ。どうでもいい奴だからな」

変なルーク。もう関係ない人なのに、気にするだけ損じゃない。

「そうよ」

なんで何回も言うのかしら？

「それよりも、お腹はいっぱいになったかしら？」

お腹いっぱいかどうかの方が私的には大事！

「足りてる、足りてる。充分だよ。後はアレだ、甘味かな？　夫人がチラチラ見てるぞ」

え？

バッとお母様を見たら目が合いました！　あれはスイーツはまだかしら？　の目に違いない！

でもなぁ……あっ！　そうだ！

「ルークはスイカって食べる？」

ふっふっふっ……スイカはこっちにはなかったからね！

「好きだけど、こっちにはないだろ？　天伯《てんぱく》だっけ、前世では買いに行っていたな」

意外！　いや、私も天伯《てんぱく》スイカは買っていたけど。

「じゃあ、スイカ食べよう！」

八丈島でスイカも栽培できていて、さっき見つけて嬉しかったんだ！

種が取れれば、領地で挑戦してもらえばいいしね！　できる場所とか限定されるだろうけどね！

料理長を呼びつけて台に行き、簡単な説明をしてスイカを一玉出す。料理長にまず一切れ切って食べてもらう。

料理長はニッコニコ。どうやらこの甘さと水気がお気に召したようだ。

種を入れる小さな器とともに大皿に載せた、食べやすい大きさに切ったスイカを見て料理人に説明しています。

私が幾つか丸々とした大きなスイカを出すと、次々とカットされ、大皿に載せられて運ばれます。

お母様はスイカを切った瞬間に、私の横で待ち構えていました。安定のスイーツ女子力です。

「初めて見る果物ね、シャクシャクして甘くて。うんと水気があって……私、気に入ったわ！」

「そうですか。これはスイカといって暖かい地域でないと栽培できない果物です。ルキ山の近くなら、きっと栽培できるでしょうね。料理長が種の回収もしていますし」

まあ！　まあまあまあ！　とお母様は大変喜んでました。

そりゃそうか、新しい果物で甘いってだけで騒ぎになりますもんね。でもスイカって食べすぎるとお腹冷やしたっけ？

これで本当にスイカができれば、ルキ山辺りの特産品になりそう。スイカを食べてみたくて人の往来ができるかもしれない。あの辺りは夏は暑いって聞くしね。

往来か……安全に行き来を行うために、街道を一緒に行ってくれる者が必要になれば、そういった仕事をする者も増えるだろう。魔物除けの道具ももっと出回るかもしれない。

でも、まぁそんなことはお父様かお兄様たちが考えるだろうだから、私がグダグダ考えても仕方ないことだわ！

こうしてお昼ご飯を済ませ、私たちは馬車へと戻る。

後片付けなどは、お任せです。使用人や元王都民のために手は出してはいけないと言われました。料理は仕方ないけど、後片付けは仕事として与えないとダメらしい。

前世の記憶の影響でついやろうとしてしまうのも気をつけないとな……

しばし馬車でゆっくりと過ごし、出発を待つ。

確実に少しずつ領地に近付いている……早く帰りたい。帰って従魔のユキや私の愛馬チョロギーに会いたい。

やりたいことはたくさんあるけど……今頃、皆どうしてるだろう。私のこと忘れてないよね？

あ～それにしても食べ過ぎちゃったな～！　でも、美味しかった！

ぼんやり背もたれに体を預け、外を眺めているだけで気持ちよくなってくる。

「動き出したわね」

ゴトゴトと揺れる景色に少しだけ笑う。

「そうですね！　こうやって少しずつ領地に近付いていると思うと嬉しいです。早く領都に帰りたいです！」

よかった。アニスも私と同じ気持ちなのね。

「そうね、早く帰りたいわね。でも、焦りは禁物ね」

「はい」

アニスは私の隣で同じ景色を見ていた。

タマは私の隣で、トラジはアニスの隣でお座りして私たちの話を黙って聞いている。

ゆっくり動く景色の中にクワイに乗ったルークがいる。その後ろには私の専属護衛騎士が列をなしている。

すでに見慣れた風景になりつつあるこの景色に、後しばらくしたらオサラバなのかと思うとちょっとだけ寂しさを感じる。

今日の夜ご飯のことでも考えて時間を潰そうかなぁ……

夜は、ご飯炊いてもらおうっかな～どうしようかな～？　あー、鉄火丼とか食べたいなー……マグロ食べたいわぁ～……

〈マスター、食べれますよ！　トゥナという魚がマスターのいうマグロに合致します。冷凍保存で収納されております、収納された状態で私が解体できますが、いかがいたしましょうか？〉

おっ！　久々にナビさんからコメント来たー！　トゥナ……ツナか！　なるほど、それならマグロかぁ。一尾ごと収納……してました！　しかも結構な数あったわぁ！　マグロ祭りできる！

サクで！　サクにして！　ナビさん！

〈畏まりました。解体後、サク状態にいたします〉

ありがとう！　ナビさん！　よーし、夜は鉄火丼、それからお味噌汁……いや、貝汁……いや、トゥナの骨を使ったあら汁にするか！

お味噌汁のアラは出汁《だし》として活用した後抜いて、エンドウ豆をパラリと入れるか。いやいや、葉ネギにするか……鉄火丼の薬味にワサビにショウガに白髪《しらが》ネギにミョウガ……楽しくなってきた！

あ～大豆もあるから、晩ご飯の後に豆腐に油揚げに厚揚げと作りまくるかな！

いや、油揚げと厚揚げは揚げ物だからダメだ！　湯葉刺し食べたい！　ぬる燗《かん》グイッとやりながら！　あ～酒がないのがツライ！

いや、飲んだらダメだった。

〈マスター！　八丈島のレベルが30になると、ドリンクハウスという飲み物を作ることのできるハウスが建てられます。材料さえあれば、ドリンクハウスでアルコール類も作れるので、マスターのおっしゃられる酒も作れるようになります！〉

ナンテコッタイ！　本当に！　材料さえあれば！

日本酒の材料って……米と米こうじだよね。米こうじって……そこが大変じゃね？　一定の温度と湿度で米こうじってできるんだっけ？　どうだったかな？　こうじ菌がいるんだっけ？

〈マスター、安心してください！　米こうじならばロッジで作れるようになります！〉

ロッジ……本当？　え？　ロッジってそんなこともできるの？

〈本当です、レベルアップするので問題ありません。八丈島のレベル30まではマスターの希望す

るアルコールの材料はすべて揃います〉
やったぁ！　……でも、きっと日本酒よりワインとか作っちゃいそう……消費量がなぁ……
ナビさん、ありがとう！　でも、私なんだか疲れたのでお昼寝します！
八丈島のレベルアップもありがとう！　畑も任せっきりなのに、ありがとう！　ナビさんあっての八丈島だよ！　てなわけでお昼寝タイムだよ、オヤスミー！

う～ん！　よく寝た！　グーッと伸びをして、体をほぐす。

まだまだ馬車は動いている……マップの中では、すでに別れた討伐隊の表示は消えている。

ん？　先頭が止まった？　……街道の脇をグルグル回っている。こんな風に駆け回っているんだ……

あっ！　馬車が止まった。今日はここで野営するのね。

「ふぁ……エリーゼ様、もう野営地に着きましたか？」

アニスは少しボンヤリしてるみたいです。

「あら、アニス。今、着いたところよ。今から馬車の誘導が始まるわ」

アニスは上半身を起こし、窓から外を眺める。

「へぇ～、眺めのいいところですね。ん？　この先は山なんですかね？」

私はマップを見ながら答える。マップから得られる情報が思ったより多いのだ。

「山っていうか、丘ね。この王家直轄地は小高い丘が多いのが特徴なのよ。この直轄地を抜けると旅も楽になるわね。野営する必要が少なくなるから。貴族領では集落に泊まればいいけど、直轄地は簡単に集落を作ることができないの。それから予算の関係で、集落も耕作地も少ないっていうのがね」

意外とメンドイ土地なのよね。ここ。

「え？　それじゃあ領地経営として、どうなんです？」

アニスの疑問はもっともです。さすが私の専属侍女です。

「どうにもならないわね。どうしても水源地の近くだけに集落ができるのだけど、水源地が少ないことと飛び地すぎるのがねぇ……」

本当のことを言います。かなり手を入れないとダメな土地なのです。

「どうにもならないのですか？」

アニスの顔には何かしらあるのでしょう？　と書いてある。

「なるわよ。地面の下には水脈が走っているから、井戸や穴を掘れば水問題は解決するわね。街道沿いの水脈を次々掘っていけば栄えたかも。でも、誰がこの直轄地を纏《まと》めるのか？　って問題も出るでしょうね」

そう、問題はソコ。ヘタな争いの種になるくらいなら、手出しはしたくない。

「纏《まと》める……ですか……」

「ええ、この直轄地は各公爵領と同じくらい広い。王太子殿下、その王太子殿下を支える第二王子殿下を王都から出せない。第三王子は実力不足、王女殿下は皆輿入れしている。誰もこの直轄地を治めるのに適した人物がいなかった。そのためにこの直轄地は手付かずで、わずかな小作人が点在してるのが現状ね。さて、馬車も定位置に止められたようだし、晩ご飯を作らなきゃ！　馬車の準備、よろしくね！」

「はい！」

「おきたにゃ！　いくにゃ！」

「まってたにゃ！　やるにゃ！」

丸くなってたと思ったら、ピョンと二匹同時に元気よく跳ね起きてきた。

「さあ、行きましょうか！」

カチリと馬車の内鍵を外して外へ飛び出す。

タマとトラジを連れて、中央広場に向かう。今日は鉄火丼だぁ！　酢飯じゃないけど、レモンと砂糖でなんちゃってすし酢を作るんじゃい！　ウッキウキです！

「ご機嫌だな、エリーゼ。何かいいことでもあったか？」

ルークと合流しました！

「あら、ルーク……とノエル。今日の晩ご飯は鉄火丼にしようと思って」

気分よくルークに伝え、チラリと顔を見る。

「えっ！　鉄火丼！　お酢がないって言ってなかったか？」

ふふ……驚いてる驚いてる。

「ないわよ。でも、レモンがあるから。レモンと砂糖で調味酢の代わりになるでしょ。マグロによく似たトゥナって魚があるから、いけると思って」

すし酢ってお砂糖使ってると思うのよね〜。

「おお〜！　ワサビも醤油もあるし、できそうだな。海苔はなくても、ネギはあるし問題なさそうだ。嬉しいよ」

ルークが嬉しそうに笑ってくれると、私もなんだか嬉しい。

やっぱり前世は日本人だもの、和食は魂が求めているわよね。

そういえば食後に豆腐作るつもりだったけど、大豆を水煮してないや……豆腐は諦めよう。

いつものルーチン作業（コンロ&四阿《あずまや》製作）はサクッと終了です！

「今日はご飯を炊いてください。はい、お米」

ドサドサと米を出すと、洗うための鍋に米を入れて料理人が数名走っていきました。

「料理長、今から出すトゥナを指示通りに切ってほしいの」

私のテンションが高いことに料理長が気づいています！

「ガッテンです！　お嬢！」

料理長もノリノリです。いいモノできそう！

トゥナのサクをドサドサッと出します。

説明しながら切ってもらうと、今度は料理人に大鍋を火に掛けてもらう。こちらも味噌汁を作るためだと説明し、沸騰したら入れてもらいたいとトゥナのアラを渡す。

もちろん、アラは一度焼いてもらってから使うように説明しておきました。

もうひとつの大鍋には、水菜のおひたしのために湯を沸かしてもらう。料理長に薬味の説明をしてから、材料を出す。

さらに焼き魚用の魚と串を山盛りに出す。

トゥナのお刺身は山盛り（ガチ）になっているし、水菜のおひたしはできあがって大皿に積まれ、白っぽいブシ花の花片《はなびら》を山盛り掛けて各台に置かれています。

近くに醤油の瓶と、次々と切られた薬味類も置いておきます。

焼き魚の香ばしくて美味しそうな香りが漂います。いつの間にかお米が炊き上がり、いい匂いがしています！

ニャンコたちはお味噌汁の出汁《だし》用に使ったアラが取り出されたので夢中で貪《むさぼ》っています。ちょっと冷めているし、骨も大きいせいか大喜びです。

「さて、大根おろしを作りますか」

鍋にキレイな大根をポンと入れ、「おろし！」と言って魔力を注いだだけでできました～！　もう、イメージでできちゃう感じですか！　そうですか！

レモンを出して鍋にコロコロと入れ、お次は「圧搾《あっさく》！」、これだけの魔法でジャバジャバにレモン果汁が出ました。ちゃんと布巾《ふきん》で濾《こ》してから砂糖を少しずつ入れて調整。味見をして問題なさそうなので、これを料理長に渡して、酢飯の作り方を伝授！　後は料理長に託します。ご飯が炊けているので……別の鍋にご飯を移し、調味酢掛けて、切るように混ぜて……

いい匂い～！　見てるだけでお腹空く～！

「お嬢、これくらいですか？」

少し心配そうな料理長が恐る恐る聞いてきます。

酢飯をちょっとだけ手のひらに載せてもらいます。

パクッと……レモンの香り～！　少し甘くていいかも～！　思ったよりいい～。

「うん、いい感じ。で、鉄火丼っていうのはね……」

まずは説明してから器にご飯をよそってもらい、料理長がたくさん切ってくれたトゥナのお刺身を載せてワサビ醤油をチョロッとかける。仕上げにネギの小口切りをパラッとかける。

「ネギはお好みよ。載せなくても構わないわよ」

お箸を出して「いただきます」。パクッとなー！

美味し～い！　レモンの酸味と香りも悪くない！　爽やか～！　トゥナ美味し～い！　脂がノッてるのもいいわよね！　トゥナ！

「料理長！　美味しいわ！　料理長も味見してほしいわ！」

美味しくてパクパク食べちゃう！

「じゃあ、少しだけ……」

不安そうな料理長は、鉄火丼を少しだけ作ってパクパクッと食べて……

「お嬢！　こいつは革命ですぜ！」

はい、周りのお父様たちも寄子貴族も目つきが変わりました。

ざわつきがヒドいです。ニャンコたちまでザワザワしだしました。

わかります、物すごい視線を料理長に向けてます。だって生のお魚食べるのは初めてですもんね～！

「エリーゼ、そんなに美味しいのか？」

ルークが確認のためか、聞いてきました。

鉄火丼自体は知っているだろうに……いや、でも周りは知らないわけだしね。

「美味しいわよ、はい」

思わず一口分を箸でとって差し出して……あっ……これ……

「……ん……美味《うま》いな。さすがだ」

パクッとルークが食べました……無意識にあ～んしてしまいました。

優しい笑顔……蕩《とろ》けそうな笑顔……

甘い、甘いです！　イケメンの甘い笑顔とかドキドキです！　それにしてもリア充は抵抗ないんですかね？

「お嬢！　若の分はちゃんと作りますんで、そんな食べ方しないでください！」

料理長に注意されました。

「ひゃっ！　ひゃい！」

言われちゃった……顔、赤くなりそうです……

「言われたな、でも嬉しかった。ありがとな」

ルークのフォローがフォローじゃない気がします。

「あっ、あの……その……」

あう～恥ずかしいです……

「わかってる、そんなつもりじゃなかったってことは。でも、つい嬉しくて食べたんだ。初めてなんだ、いいもんだな」

初めて……あ～んが？　ちょっと嘘でも嬉しい。

「うん……」

トラジが掻き回したお味噌汁、おろし醤油の焼き魚に水菜のおひたし……皆好評でした。

幸せご飯。皆幸せ、私も幸せ……本当に幸せ。

こうして私もルークもお腹いっぱいになるまで食べた。

ハァ……美味しかった……久しぶりの鉄火丼、メッチャ美味しかった。

デザートは簡単な物にしよう。うーん……ブドウがあるからブドウでいいよね？

台の上、籠にドサッとブドウを出します。八丈島産のブドウは美味しいのです！

あれ？　いつもなら、それなりに食べに来るのに今日は来ないなぁ……

「エリーゼ、美味しそうなブドウね」

お母様ったら気配消さないでください。ドキドキします！

「お母様！　…………お母様？」

お母様、ブドウを一粒だけ食べると少し困った顔でブドウを見てます。あれ？

「エリーゼ、とっても美味しいの……すごく甘くて。でも……でも、お母様、鉄火丼を食べ過ぎてしまったわ！」

見ればわかります。お腹ポッコリになってますから。それにしても、スッゴく残念そう！

「安心してお母様、ブドウはこれだけではありませんもの。またの機会がありますわ。ね」

スイーツ女子なお母様にフォロー入れとかないと！

「ありがとう、エリーゼ」

ションボリのお母様はレアです！

「ふふふ……鉄火丼が受け入れてもらえて嬉しく思いますわ」

本心です！

「まぁ！　でも、これほど美味しいと領地に戻ったらどうなるかしら？」

お母様は含み笑いをすると、お父様の元へと行ってしまいました。意味深です……

「お嬢、鉄火丼は美味《うま》くて驚きやした。ラーメンのときと同じくらいの衝撃でした。ありがとうございやした」

後ろから料理長が声を掛けてきました。急に感謝されるとドキッとします。

様子を窺《うかが》っていたのでしょうか？　いきなりとかビックリです。

「急にどうしたの？」

変なフラグ立ちそうだから、やめてほしいです。

「新しい料理が美味《うま》ければ、食べた者たちから新たに料理人を目指す者が出てきます。そして新しい料理が広まっていきます。お嬢のやってることは革命です。今まで誰も、こんな風に食べたりしやせんでした。俺はお嬢についてきて本当によかったと心の底から思ってます」

思わず、赤面してしまう……こんな風に面と向かって言われたことなんて少ないんですもの。

「そっ、そんなの……もう！　知らないっ！」

あんまり恥ずかしくて、料理長から離れます……後ろから料理長の笑い声が聞こえます。まったく、もう……革命とか……レボリューションですかっ！

「エリーゼ」

ルークにいきなり手首を掴まれました。

「エリーゼは結構ツンデレだよな」

こんな風にされることがなかったから、どうしたらいいか、何を言っていいか困る。

「ルーク……そういうこと、言わないで」

掴まれた手首から、剣だこのあるルークの硬くて大きな手が離れる。

顔を上げると、うんと近くてドキドキする……

やっぱり恥ずかしくて視線を外して直視しないように顔を背けた。

頬をツイと撫でられ、顔を持ち上げられる。

「エリーゼのツンデレなトコとか、ゾクゾクする。もっといろんな顔が見たい。俺、欲張りかな？」

見つめ合った視線が外れない。

どうしよう？　どうしたらいいの？

「欲張りよ……私たち婚約して、間もないのよ」

どうしよう……絡まる視線が甘くって、頬から伝わるルークの体温がドキドキを加速させてる気がする。こんなの初めてで、何もわからなくなる。

「時間なんて関係ないよ」

心臓がすぐそこにあるみたいに、鼓動の音がやけに大きく聞こえる。

「そこまでだ！　エリーゼは自分の馬車に戻りなさい。殿下は向こうでお話ししましょうか」

キャスバルお兄様が、冷気を漂わせて止めに入りました！

こんなキャスバルお兄様には逆らわないでおきましょう！　目付きも悪いです！

「はい、キャスバルお兄様。では、失礼いたしますわ」

なんとかルークの手から逃げて、早歩きで少し離れます。

「タマ、トラジ。馬車に戻るわよー！　あっ！　ルーク！　ノエル、預かっとくわねー！　ノエルー！　ノエルも一緒においでー！」

一方的に告げて、本格的に離れます。逃げるに限るのです！

「わかったにゃ！」

「もどるにゃ！」

「タマにゃとトラにゃといっしょにいていいにゃ？　うれしいにゃ！」

三匹はトタトタとやってくると、並んで私の後をついてくる。

ノエルがわかってないようで助かりました。

馬車に戻り三匹と馬車内に入って、大きく息を吐く。

キャスバルお兄様のあの感じ……くわばらくわばら……ね。とりあえず、内鍵もかけとこ……

アニスが来たら鍵あけてあげればいいし、マップで見ててもいいわけだしね。


しばらくしたらアニスが来ました。これで一安心です。

アニスが戻った後さらに小一時間以上してから、ルークがノエルのお迎えに来ました。

うん、結構キツいお話だったようです。ちょっと目がうつろでした。

「お休みエリーゼ、ノエルのことありがとな」

ルークがあっさりとした挨拶をして、ノエルを抱っこして軽く頭を下げ、数歩下がった。

「ええ、ルークお休みなさい。ノエルもお休みなさい」

うん、馬車に乗り込むのはさすがにやめにしたのね。

「おやすみにゃ！　タマにゃとトラにゃもおやすみにゃ！」

タマとトラジはバイバイと前足を振った。

「お休みなさいませ。では」

アニスはサッと挨拶をすると、扉を閉め、内鍵もカチンと早々に掛けてしまう。目隠しの布もサッサと掛けて窓の外は一切見えなくなりました。

マップで確認すると、ルークとノエルのマーカーは重なったまま、ゆっくりと遠ざかった。

「エリーゼ様、キャスバル様が本気で心配なさっておいででしたよ」

アニスからも言われました。

「そうね……心配させてしまったわね！」

そっか……アニスから見てもキャスバルお兄様のオコはヤバかったか……

とりあえずアニスが現場近くに残ってくれてよかった。

そんな話をして、いつも通りに休み、いつも通りの朝を迎えた。

丸鳥渓谷

翌日・翌々日と同じペースで駆けていき、三日目のそろそろ夕方になろうかという時間。マップには街道が合流する分岐点が表示されていた。

王家直轄地を三日で抜けるのは、結構早いペースだ。この先は宿場町も多いし、旅は楽になるだろう。

「今日の野営地を越えれば、少しは楽になるわ」

マップを見る限りはだけどね。

「そうですね、エリーゼ様」

アニスも落ちついている気がする。

マップの中の味方のマーカーがグルグル回ってる、いつもの動きだ。

私たちはいつもの通りに過ごし、コンロと四阿《あずまや》を作ろうと中央広場に行った。

「皆の者、この数日よく頑張ってくれた！　この王家直轄地をなんとしても抜けたかったため、無理をさせた。明日一日この野営地でゆっくり過ごし、明後日朝、出発とする！」

お父様がそう宣言すると、隊員たちが歓喜の雄叫びをあげました。

何かあるのでしょうか？　コンロと四阿《あずまや》を作っている途中でお父様が「簡単な物にしてほしい！」とリクエストしてきました。不思議なことを言うなと思いながらもリクエスト通りにし、その日は特に盛り上がることもなく夜を迎えました。

朝……朝です。紛れもない朝です……あっさり晩ご飯だったせいか、なんか……そのままの流れで和朝食です。

なぜか領主隊隊員があちこちで嬉しそうにしてます。テンション高いです。

……お父様もお兄様たちもか？　なんだろう、とりあえずマップを確認……だけど、渓谷とかあるのか……

うーん、うん？　何か出てきた。渓谷に住む魔物が目当てなのかな？　わかんないな……

「お嬢、おはようございます。今日は侯爵様が丸鳥を狩るって意気込んでやしたぜ」

料理長です！　早速の情報提供です、サンクス！

「おはよう。丸鳥……どんなのかしら？」

実に嬉しそうですね、料理長。それに丸鳥？

「背の丈はこれくらいの大きな丸い鳥でさぁ。肉は弾力があって旨みも強い。臭みもなくって脂も美味《うま》いんでさぁ。それからたまにとれる卵があるんですぜ！　この卵がコクも旨みもあるってんで、大人気なんですよ！」

メチャクチャ嬉しそう！　いい食材ってことなのね。

「へぇ、美味しそうね。それでお父様たちが嬉々として準備してるのね」

「この辺りじゃあ大人気なんですが、なかなか出てこない代物なんでさぁ」

マップでは点在しているようです。しかも結構いますよ。

逃げ足が早いのかな？　とにかく、あちこちいるならとれるでしょ。

それにしても……美味しい肉……これは取りに行ってナンボでしょう！

「エリーゼ！　丸鳥なら、頑張って狩りに行こうぜ！」

ルークもノリ気です。そんなに有名なの？

「え？　ルークまで」

振り返って見ると、何か鼻息荒く興奮気味です。

そんなに？　そんなに食べたくなるような鳥なの？　知らなかったわ……

「帝国でもなかなか食べれない食材だったからな！　とにかく逃げ足が早いんだ。後、色違いが強いってんで、食材としてはレアだったんだよ」

逃げ足早い……レア食材かぁ……

「よし！　今日は頑張って丸鳥狩りに行こう！」

私も気合い入れます！

「おおーっ！　狩るぞ〜！」

ルークは狩る気満々ですね。

「がんばるにゃ！」

「とるにゃ！」

「うにゃっ？　にゃ……にゃーん！」

ニャンコ三匹はよくわからないなりにノッてくれました。

武装も武器も不備は何ひとつない。狩った獲物は収納できるし、問題なし！

「エリーゼ様！　お待たせしました！」

アニスもやってきました！

「よし！　アニスも来たし、すでに狩りに出た連中もいる！　行こう！」

じゃあ行こう！　すぐ行こう！

「エリーゼ、ちょっと待ちなさい。必要以上、ルーク殿下の近くに行かないように」

あら？　キャスバルお兄様がまだいました。

「キャスバルお兄様、そんな暇ありませんわ！　狩って狩って狩りまくらないと！」

「そうか。私たちもそろそろ出る、互いにたくさん狩れるといいな」

「はいっ！」

キャスバルお兄様の蕩《とろ》けるような笑顔いただきました！　ゴチでーす！

「さぁ！　行くわよ！」

マップを頼りに渓谷に分け入ってきました。マップにはマーカー出ますからね！

流れる小川にいた丸鳥は巨大なシャモのようなダチョウのような生き物でした。卵……シャモとダチョウのいいトコ取りなら、美味しいでしょうね。

ルークとアイコンタクトをとり、アニスとニャンコたちにハンドサインを送り、無言で待機してもらいます。

ルークとふたりで気配を消し、真後ろに移動。気がついて丸鳥が逃げようとするも首をチョンパ！肉もゲット！　肉をサッと収納です！　なんてお手軽！

「エリーゼ様、さすがです！」

アニス、ヨイショしても何も出ませんよ。

「さすがにゃ！」

「すごいにゃ！」

「あっというまだったにゃ！」

三匹にもヨイショされましたが、マップを見れば少し下ったところにもいます。

「この先にもいるわよ」

ルークに小声で話しかけ、アニスにハンドサインを出す。

「じゃあ、行くか」

下ったところにいた丸鳥もさっきと同じように仕留めました。再びマップで確認。

「この先に多くの丸鳥がいるわ、どうする？」

群れ？　もしくは巣とか？

「当然行く、が……ほかの連中とかち合わないのはなんでだ？」

ルークの疑問にはサクッと答えます！

「あぁ、マップで見て誰も来ていない方に来たのよ」

かち合うとか嫌なんで真剣です。

「なんだかイヤな予感もするが、まぁなんとかなるか。とにかく、この先の丸鳥に雛がいたら雛は狩らない」

それは基本です。育ってないヤツを狩ってもいいことないです。

「了解、じゃあ行きましょう」

進んだ先は柔らかい草があたり一面生えている。丸鳥はすべて向こうを向いて草を啄《ついば》んでいた。

全員でアイコンタクトを交わし、気配を消して丸鳥の後ろへと移動する。タイミングを合わせ、瞬時に丸鳥を狩る。ルークとふたりで収納を始め……周りを確認する。

「こっちに巣がある！」

思わず叫んでしまいました。

「卵がたくさんあるぞ！」

ルークも叫んでいます！　わかります！　大きな卵がたくさんありますもんね！

すべての卵と肉を収納する……ん？

「何か、すごい勢いでこっちに向かってくる魔物がいるわ。何かしら？」

マップ表示ではかなりの勢い……

「位置は？」

ルークのマップではわからないのか？

「そろそろ来るっ！」

返事とともに剣を構える。バッと現れたのは黄色の丸鳥……ってなんか見たことある！

「ゴメン！　テイムしたい！」

本気です！　正直に言うと、日本のダチョウっぽい魔物だけど、一瞬アレ……かと思った。

「ガンバレ！」

飛び出し突《つっ》いてこようとする黄色に、蹴りを繰り出す。でも動きが早くて当たりが弱い。

「チッ！」

思わず舌打ちが出てしまう。

黄色はすぐさま体勢を立て直し、大きくて鋭い爪で掴んでこようとする。

大地を蹴って素早く避ける。

丸鳥よりも太い脚と大きくて鋭い爪。おそらく攻撃特化型だ……くちばしだって鶏とかダチョウと違ってなんとなく猛禽っぽい。

とにかく速度を上げてなんとかしないと怪我しちゃう。

ガツガツとくちばしで突《つっ》こうとしてるけど、避けさえすればいいだけ！

てか、パターン化した攻撃なんてダメダメでしょ！

グイ！　と下半身を回転して頭部めがけて蹴りを出す。

「ピィッ！」

突《つ》こうとしているところに私の蹴りがヒットした。けど基本ヒット&アウェイなのですぐに下がる。

そのまま攻撃し続けて、こっちが攻撃くらっても損だしね。

……けっこう重めの蹴りだったはずなのに、もう復帰してきたよ。丈夫ね。

ダッシュで黄色のボディ目掛けて掌底《しょうてい》打ちを放つ。

全力でやったんだ、効かなかったら嘘でしょうが！

ヨロリとしたけど倒れない！

丈夫すぎるでしょ！　でもこっちだって真剣よ！

一歩下がってから黄色の動きを見る。イケる気がする！　全力で回し蹴りを放つ！

ガッ！　と黄色の体が少し飛ばされ倒れこむ。

チャーンス！　そのまま地面に押しつけ、身動きひとつできないようにホールドする。

バタバタと暴れる黄色の体が徐々におとなしくなる。

ヒューーヒューーと黄色の吐く息と、ゼェゼェと私の吐く息だけが聞こえる。

押さえていた首がカクリと落ちる、その瞬間に現れるメッセージ、もちろんイエス！

名前か……メスだしな。どうせなら鳥らしい名前にしよう！

「ヒナ」

「ピューイ！」

ひときわ大きくひと声鳴いた黄色の丸鳥から離れると、私の頬に頬ずりしてきました。

うん、なんだかくちばしがスベスベしてて気持ちいい。目付きもさっきまでと違います。

「テイムできたわ。名前はヒナ、女の子よ」

清々《すがすが》しい気持ちでルークを見る。

「まさかのここで、アレが出るとはな。とりあえず、おめでとう。一旦、帰らないか？」

少しルークは疲れた顔で笑ってました。もちろん、イエスです。

「帰りましょう。これだけ狩ったんだし、今から帰ってお昼ご飯の準備してもいいし……ちょっとお腹空いたし、ご飯食べたいわ」

そして私たちは野営地に戻りました。私はヒナを連れて。

「黄色の丸鳥が出たー！」

うん、野営地に戻って最初に聞こえたのはこんな叫びでした。

隊員がバタバタと来たかと思ったら、メッチャ攻撃態勢です。勘弁してください。

「あー……私がテイムしたヒナです」

「ピュイイ～（ヨロシクね～）」

ヒナったら可愛いわね！　それにしてもざわつき具合がおかしいでしょ。

「えっ……エリーゼ様が黄色をテイムしたと……」

なんでガクブルしてるのよ。

「そうよ」

「みっ……皆、聞いたかー！　エリーゼ様が、この辺り一帯を守ってた黄色をテイムしたぞー！」

は？　この辺り一帯を守ってた？　どゆこと？

「「「「おおおー!!」」」」

なんで歓声になる。もう、いいや。行こう。

「ヒナ、ちゃんと付いてらっしゃい」

「ピュッ（はい♪）」

見た目はどうあれ、鳴き声は可愛いわね。

「いくにゃ！」

「そうにゃ！」

タマとトラジもヒナと仲良くなれそう！

〈マスター、丸鳥の解体終了しました〉

えっ！　解体頼んでた？　いや、さっきの今で解体終了って……

〈いいえ。すぐに使えるようにいたしましたが、不要でしたか？〉

いるいる！　ありがとう、ナビさん。感謝しかないわー！

〈肉はマスターがわかる部位ごとに、わからない部位は別にまとめてあります。骨や羽なども分けております〉

うん、ありがとう。助かる！　よし、お昼ご飯はそのほかのまとめた奴を使おう！

「おっ！　お嬢！　そいつはっ！」

料理長までビックリ顔で……なんだって言うのかしら？

「ねぇ、そんなに驚くことなの？　あぁ、テイムした子だから食べるのはなしよ」

「はい……その、お嬢。丸鳥は魔物としては弱いんですが、黄色だけは違うんで。牙猪くらいなら一蹴りで倒せるくらい強いんでさぁ……ルキ山辺りには、違う色もいるらしいけど噂ですしね……魔法にも耐性があるらしくて、仕留めるのはなかなか……！」

え？　あの牙猪を一蹴で倒す……ですって？

「あ……そうなんだ……魔法は効かない、結構強い……それは面倒ね」

物理オンリーでしか、どうにもできないんじゃあ大変だわ。最初から物理で正解だったのね。

「それだけじゃああありやせんぜ、黄色は仲間が逃げれれば、自分も逃げるって奴でさ……」

ガチ面倒いやつだった。私以上のヒット&アウェイだった！

「よかったな、テイムできて」

ルークが心底そう思ってくれている顔です。

「ああ……うん、ありがとう」

……後ろでなんだか楽しそうなことになってる……

「主はすごいのにゃ！」

「そうにゃ！　主はりっぱなのにゃ！」

「ピュ～ピュッ（主？　主！）」

「そうにゃ！　主にゃ！」

「主にゃ！」

「ピュッ！　（主！）」

どうしよう、タマとトラジとヒナの会話がメチャクチャ可愛い！

うん、和む……ルークも、何かメッチャ和んでる。ホッコリするわぁ。

「とてもじゃないが、あいつが凶暴な黄色だとは思えねぇぜ……」

料理長は黄色と戦ったことがあるのかしら？　食材のひとつだからあるのかも……

「とりあえず、お昼ご飯を作りましょう。丸鳥がそれなりにとれたから、使ってみようと思って」

料理長が超絶笑顔になりました。だって気になるじゃない。ねぇ？

「そいつぁ、ご馳走だ。で、お嬢はどこを使うつもりで？」

うーん、どうしようかな？　迷うけど……

「私がわからない部位。胸とかモモとかじゃないところ」

「それでもご馳走ですぜ！　味付けはどうするんで？」

料理長め！　ノリノリだな！

「ご飯を炊いてもらって、肉は甘辛い味付けにしようと思って。後は味噌汁だけど、これは料理長の希望の野菜を出すわ」

変なリクエストでも無問題よ！

「ジャガイモの味噌汁が飲みたいんでさぁ……」

ジャガイモか！　うん、甘くてホクホクして美味しいのよね。

「わかったわ、じゃあお米とジャガイモを出しておいて……と、後は丸鳥の肉と醤油と砂糖と蜂蜜……それから味噌汁の出汁《だし》としてのブシ花……っと、こんなものかしら？」

台の上は山盛りの材料が載せられたけど、料理人たちが段取りよく動いてわずかになる。

丸鳥自体が大きいから、わからない部位もそれなりに量があります。

「お嬢！　任せといてくだせぇ！」

包丁を握って鼻息荒く料理長が叫びました。

「みそしるはまかせるにゃ！」

うん、トラジはやる気だね。てか、トラジは料理長といいコンビになりつつあるわね。

「みそしるのだしののこりはボクにまかせるにゃ！」

ん？　トラジよ、それはブシ花独り占めじゃ？

「ずるいにゃ！　ボクものこりのブシのことにはまけないにゃ！」

そりゃあタマだって言いますよねー。

「みんなであとしまつにゃ……」

……うん、トラジ……堂々と独占宣言しちゃダメ。ノエルもアピールしましたね。トラジが小っちゃい声で皆でって言いなおしたわ。

「ピュ～ピュッピュ～（おもしろ～い！）」

……ヒナの鳴き声と副音声の声の長さが微妙に違うなぁ……気にしたら負けかな？

今日のお昼ご飯は、なんちゃって照り焼きです！

……ニャンコたちは、ただいま出汁《だし》の後始末中です……むしゃぶりついています、ブシ花のガラに（笑）。え？　ジャガイモのお味噌汁ですか、料理長が仕上げてます。

茶色くテリテリになってる丸鳥の肉、メッチャ美味しそう！　香りもいいです。

ジリジリと領主隊の人たちが近付いています（笑）

「エリーゼ！　取ってきたぞぉおおおおっ！　黄っ」

「私のテイムした子です！　ヒナって名前です！」

「い……そうか」

お父様がウキウキで帰ってきてヒナに驚いていましたが、被せました。どんだけよ！　まったく！

「むっ！　それはっ！」

できあがった料理にどうやらお父様が気がついたようです。

「ふふふ……丸鳥の照り焼き丼です！　焼いていませんけど！」

うん、正確には炒め煮ですから。

「なんっ……だと！　エリーゼは丸鳥を何羽狩ったんだ？」

お父様、目がマジで怖いです（笑）

「ルークと一緒に行って十羽狩りました。もちろん、ヒナは別です」

ガクゥ……とお父様が膝を突きました。え？　膝折るところ？

「さすがエリーゼね。お母様も八羽狩りましたよ。隊員に言っておいたので、そろそろ持ってくるでしょう。それにしてもいい香りね、お母様、早く食べたいわ」

まさかのお母様も参戦でした。侍女トリオが素晴らしくいい笑顔で後ろに立ってます。お父様の後ろにいた隊員が持っていたのは六羽でした。うん、お父様……お母様に負けちゃいましたね。でもお父様ひとりで六羽ならすごいと思います！

「お嬢！　できあがりやした！　味を確かめてくだせぇ！」

料理長が嬉しそうに声を掛けてきました。

器に盛られたご飯とその上に載っけられた丸鳥のなんちゃって照り焼き。美味しそう！　箸とともに受け取り、パクッとな！

「ん〜〜！　スッゴいコク！　ナニコレ！　美味し〜〜い！」

とんでもなく強い旨みとコク、とても鶏肉とは思えないほどの弾力、なのに硬くない！　噛むとジュッと溢れる脂も甘くて爽やか！　不思議、でも美味しい！　これはいい肉！　あ〜美味し〜い！　地鶏の最高峰といってもいいくらいよ！

ゴクッ。

……四方八方から聞こえた喉の鳴る音……

「ズルイわっ！　お母様も食べたいっ！」

あっ！　お母様が口火を切ったわ！

「そうだぞ！　お父様も食べたいぞおっ！」

お父様も雄叫びを……

「りょっ……料理長、早く皆にっ！」

食べ物の恨みはダメです！　ヤバイです！

「はっ！　はいいいっっ！」

料理長は走ってコンロの元へ戻っていきました。お父様もお母様も優雅に歩いていきましたが、オーラが……早く寄こせとばかりに鬼気迫っています。コッワァ……

「でおくれたにゃ！」

「はやくいくにゃ！」

「主！　いくにゃ！　はやくたべたいにゃ！」

タマ・トラジ・ノエルが叫びました。

「行ってくる。まだ、食べるよな？　ついでに貰ってくるよ」

あら？　ルークが親切だけど……

「ありがとう。でも、そんなに持てるの？」

トレイとか出すべきかしら？

「無限収納に入れて持ってくるよ」

なるほど、無限収納ならそのまま出し入れできるものね。

それにしてもお兄様たちどうしちゃったのかしら？　まだ帰ってこないし、心配だわ。

ルークはニャンコたち三匹を連れて、料理長のところに行ってしまった……

「ピュイピュ～イ！（私もごはん！）」

「ゴメンね、ヒナ。リンゴとか食べる？」

しまった！　鳥って果物とか葉っぱが主なエサよね？

「ピュ？　ピュイ～！（なぁに？　食べる～！）」

とりあえず手に真っ赤なリンゴを一個出して差し出してみる。

シャクッ！　シャクッ！　初めてだからか二口でペロリと完食。

「ピュピュッ～！（おいし～！）」

「じゃあ、もっと出すわね」

とりあえず気に入ったみたいで安心したわ。

土魔法でボウルを作って、中にリンゴをコロコロと出す。二十個出して様子を見る。

「もっといるかしら？」

「ピュイ～ピュ（主！　いらないよ！）」

「わかったわ」

とりあえずこの量でよかったのね。八丈島でリンゴを作っていてよかった。

「お待たせ。ヒナはリンゴか……」

ルークがヒナの前にある残り一個のリンゴをチラリと見ました。

「そうみたい、ありがとう」

お礼はちゃんと言わないとね！

ルークもニャンコたちも皆、照り焼き丼を美味しく食べていました。

甘辛いタレが絡みまくって、白飯に恐ろしく合う。……午後も頑張って狩ろう……いや、狩り過ぎはよくないな。我慢しとこうかな？


美味しかった……なんちゃってでも、照り焼きは本当に美味しかったです。でも野菜があんまり食べられなかったので、バランス悪かったかも。

マップにたくさんのマーカーが見えてきました。お兄様たちと一緒に行った隊員ですね。

って……すごい勢いで誰か来る！

手にしていた串を放り投げ、剣を抜く。

ガッキィイイイイイイインンッッ！

「エリーゼ、どけ」

初めて見るトールお兄様のお顔に内心冷や汗をかきます。

「嫌です。ヒナは私がテイムしたんです」

トールお兄様が片手剣でヒナを斬りつけようとしてきて焦りました。止めましたけど。

「そいつは俺たちの後ろに潜んで、蹴って回った」

え……？　ヒナったら何てことを……

「だとしてもですっ！　剣をお引きください、トールお兄様」

「だがっ！」

トールお兄様が引く気ないなら仕方ありません……

「ほら、トール、やめとけ」

あら？　キャスバルお兄様がトールお兄様を止めに入ってくださったわ。

「兄貴……わかったよ」

トールお兄様が諦めて剣を納めてくれました。その後ろにはズタボロの隊員たち。

「え？　ひょっとしてヒナ、結構強いのかしら」

キャスバルお兄様が困ったように笑っていました。

「強いは強いな。中型魔物として扱うくらいだから。だがそれよりも逃げ足の速さだな。攻撃してもよく躱《かわ》されるし。とにかく脚力の強さが特徴だな。蹴りも強いし面倒な魔物だ、どうやって従えた？」

キャスバルお兄様、お顔が笑ってるのに目がマジです……

「真っ正面から激突して押さえ込みました。力業《ちからわざ》でしたけど、なんとかできてよかったですわ」

ニッコリ笑顔で言っておこう。

「…………真っ正面から激突した……だと…………」

あら？　キャスバルお兄様もトールお兄様も真っ青なお顔になりましたわ。

「父上ーーーーっっ！」

「ん？　どうした、キャスバル」

お兄様たちの絶叫にお父様が飴がけリンゴをシャリシャリいわせながら、のんびりやってきましたわ。

「父上は、エリーゼが黄色をどうやって従えたか、聞きましたか？」

「いや、聞いていないが」

お父様は特に顔色を変えてません。

「そうですか、エリーゼは真っ正面から激突して押さえ込んだらしいです」

キャスバルお兄様の発言に、トールお兄様がコクコクと頷いていますが、なんでしょう？

「え………」

お父様まで真っ青になりました。

ちょっと！　なんでお父様まで⁉

「エリーゼ……その……黄色は相手を殺すと決めたときだけ、真っ正面から激突してくるんだ。大抵は殺される………我が娘ながら、末恐ろしい………」

マジか！　殺す気満々で向かってきてたなんて……

「ヒナ、殺す気で来たのかな？」

「ピュピュ～ピュッピュッピュッピッ！　（うん、やっつけようとしたのに負けちゃった！）」

「そっか……負けたから従う気になったの？」

「ピュ～ピュイッピッピュ～！　（うん、主のモノになるって決めたの！）」

「私が勝ったから、従えられたようです」

私が思っていたよりもなかなかデンジャラスな状況だったようです。

そういえば、逃げ足が速いとか……

でもやっぱ乗らないと！　ヒナは乗ってナンボのビジュアルなんで、乗らないとね～♪

「ヒナ、私……ヒナに乗ってみたいんだけど」

「ピュイ～！（いいよ～！）」

その場に蹲《うずくま》って少し羽根を広げる。乗りやすくしてくれてる！　イイコ！

「ピュイ～ピュピュッ！（羽根のところに足を入れて首にしがみついて！）」

言われた通りに羽根の内側に足を入れ、前傾姿勢になるように跨《また》り、ヒナの首にしがみつく。

ヒナがスクッと立ち上がると視線が上がる……おお……

「ピュッピュイ～！（行くよ～！）」

「えっ！」

一瞬で景色が変わる！　一蹴りで野営地の境界を飛び越え、さらに蹴ってせせらぎを飛び越える。渓谷の大きな段差をモノともせず、駆け上がったり下ったり。羽根でガッチリ足を押さえ込まれているから下半身もぶれない。ヒナの首に縋《すが》りついて、変わる景色を楽しむ。

あっという間だった。先にマップでも確認していた、辺り一帯をグルリと走ったヒナ……

その速さと機動力に驚く。ちょっとしたジェットコースターみたいだった。

単体でもそこそこの攻撃力があって、馬よりも機動力があったら……そりゃ、旅のお供にしたくなるわ。うん、ヒナをテイムしてよかった！

「大丈夫か、エリーゼ」

野営地に戻って、すぐにルークが声をかけてくれた。

「大丈夫よ。ここの周りをグルッと走っただけよ。ヒナ、ありがとう、降りるわ」

ヒナは蹲《うずくま》り羽根を緩める。降りて離れるとヒナは立ち上がり、頭を私の肩に載せる。

頭の冠羽を抜かないようにヒナを撫でる。少しフラッとしたのは内緒。

気持ちよさそうに撫でられ続けるヒナの背に、ニャンコたちが飛び乗って遊んでいたけど、ヒナは黙っていた。


まぁ、あれですよ。

私がヒナに乗って楽しんだのをニャンコたちも経験したかったらしく、乗りたい乗りたいとニャアニャア言われたわけですよ。

ヒナに聞くと、私が一緒ならば構わないとのこと……タマ・トラジ・ノエル・ルーク（なんでルークまで！　と思いながらも）と一緒に乗って回りました。タンデムを四回も……

おかげでグロッキーです。マジで！　ちょっと気持ち悪いです……

今は馬車でマッタリ過ごしてます。一足先に座席を全面開放して敷毛皮を敷いてもらって、横になっています。

お兄様たちは丸鳥狩りに行きましたが、順調のようです。

〈マスター、八丈島のレベルが20に到達しました。林の一部が開放、海が開放され、一日一回投網

ができます。牧場で飼える動物が二種類開放、果樹園で栽培できる種類が三種類開放。ロッジのレベルが上がりました〉

ナビさんのメッセージを開き八丈島のアイコンをタップして画面を呼び出す。

「あっ！　もち米栽培できる！　もち米を十、テンサイは二で固定っと。後はお任せで、ナビさんよろしく！」

投網か……じゃあ今までは素潜りとか釣ったりとかだったのかな？

〈お任せください。ロッジのレベルが上がったので、砂糖の加工ができるようになりました。いかがなさいますか？〉

「おお～！　じゃあ、砂糖の加工をお願い。ん？　……牧場、よく見てなかったけど、ニワトリとブタ……Ｎｅｗのところにウシとウマって……」

〈ウシは赤毛の肉食用、ウマは農耕馬です〉

乳牛じゃないのか。そして馬はサラブレッドとか軍馬じゃないのね……

「肉用……乳牛じゃないんだ……！」

〈はい、乳牛ではありません〉

ガッカリ……牛乳入手不可か……思うようにはいかないのね……

〈マスター、牛乳でしたら帝国の一部地域にモーモーというモンスターがいます〉

モーモー、何そのモンスター……

「遠いよ……それなら、ルキ山にいるらしいサテュロス雌をテイムしに行く」

〈そちらの方が遥かに上質な乳なので、間違いございません〉

「果樹もある？　……白桃がある！　白桃作ろう、ガンガン作ろう！　こっち黄桃ばっかりだったから嬉しい！」

やった！　ジューシーで柔らかい白桃は嬉しい！

〈畏まりました。では白桃に順次変えていきます〉

「よろしく、ナビさん！　後、投網もやっておいてくれると嬉しい」

うん。お魚たくさんとれるのも嬉しい！

〈畏まりました。では、行う時間はいかがなさいますか？　行う時間で獲れるものが変わります。おすすめは夜です〉

「じゃあ、夜で」

時間帯で違うのかあ、その辺は現実とあんまり変わらないのかな？

〈畏まりました〉

「ありがと、ナビさん」

独り言っぽかったけど、なんとなく口にしたかった。

八丈島の景色を見てから、画面をタップしてアイコンにする。

アニスはどうやら母親のエミリに用があるらしく、私は馬車でひとりぼっちです。

コンコンコン。

「どなた？」

「済まない、ルークだ」

え？　なんで？　ルークったら、どうかしたのかしら？

「どうぞ入ってきて」

カチャリと扉を開けてルークが入ってくる。

横になってるわけにもいかないか……体を起こして、無言でいつものように座る。

「大丈夫か？　済まない、わがままが過ぎた」

そう言うと私の隣に腰掛け抱きしめてきた。

どうしよう……密室でふたりっきりで抱き寄せられちゃって……私がヒナに乗ってダウンしたの、気にしてくれているの？

「やだ……」

こんな状態で困る……

「済まない。でも」

でもねルーク、私ダウンしてるの。

「気持ち悪くて、せっかくのシチュエーションなのに無理」

正直に告白します。

「そうだな、背中擦《さす》ろうか？」

「ダメ、吐く」

いろいろ残念……ロマンチックが全速力でどっか行っちゃった……本当に……

「寄っ掛かって楽にしててくれ」

ありがとうルーク。その申し出は嬉しいです。

ニャンコ達が心配なので、再度マップを開いて見ると三匹揃って周りを高速移動している……しかもトリッキーに。いつの間にかメッチャ仲良くなってる。

「ニャンコ達、三匹揃ってヒナに乗って走り回ってる」

トリッキーな動きは言わないでおこう。

「仲良くなってるな」

ルークの声は少しだけ楽しそうに聞こえた。

体を支えられて楽になってきたので、ホゥと息を吐く。

頭をゆっくり撫でられる……優しくゆっくり撫でてくるルークの大きな手……

「気持ちいい……」

硬い剣士のような手。でも頼りがいのある手……力強く支えてくれる手……

「ゆっくり休んで欲しい。これくらいしかできなくてゴメン」

これくらいいじゃないよ。この優しさが嬉しい……

「ううん……いい…………」

トロトロと瞼が落ちる……いつもお昼寝してるからかな？　…………ねむ…………

パチッ！　と目が覚めました！

あ～あったか～い……でも……何か……思わずペタペタと温かい何かを触ってしまう。

「そんなに触られたら興奮しちゃうな」

「えっ！　ひゃあ！」

変な叫び声が出ちゃいました。そうだ、ルークがいました！　やだやだ、どうしよう！

「大丈夫だよ、何にもしてない。それよりも吐き気はおさまったか？」

……胃も胸もムカムカしない……よくなっている。

「大丈夫みたい」

私の言葉にルークの顔が優しくなる。

「そっか、それはよかった。そろそろ外に出れるか？」

うん、いい時間だよね？

「そうね………ひっ！」

なんとなく視線を感じて窓を見たらエリックがすごい目で覗いてました……心臓止まるかと思った。カーテンしてなかったのが失敗だった！

「あれはビックリするよなー、あいつずっとあの目で見てるんだもんなー」

何か濡れ場を目撃されたみたいで恥ずかしい……

あの目……あれはお仕置きを待つ犬の目よ、ルーク。ごめんねルーク、ちゃんと躾《しつ》けとくからね。

「はぁ……仕方ない。ルーク、あれはお仕置き待ちの目なのよ。エリックはどうしようもない犬だから」

仕方ない……今のうちに言っとこう。

「は？　犬？　何を……」

ルークの目がキョドってるけど、スルーです。

「とりあえず馬車から出ましょう」

「あっ、ああ……」

ルークの言葉数が少ないです。

息を整え馬車から出て、階段を降りる。ルークがいるけど、仕方ない……

「全員、整列！」

バッと私の専属護衛騎士団全員が私の前に整列する。うん、ずっといたんですね。

スッと手を出すと、エリックが乗馬鞭を差し出す。迷いないわね。

「全員、見張りご苦労。今から褒美をくれてやる」

言い放ちパシンと鞭を軽く振り、手で受け止めるとザッと全員が後ろを向く。

「よろしい！」

さらに全員が一斉に上半身を倒し、尻を突き出す。

ルークのことはスルーよ！

思い切り尻に鞭を振るう、淡々と次々と……

打たれた者は上半身を起こし、前を向いて姿勢を正す。

最後にエリックが待ち構えている……こいつは一発ではダメだな。

「エリック、お前には褒美でもあり、仕置きでもある。いいな」

「はいっ！」

うん、私の恥ずかしかった思いもぶつけるから。

尻を突きだしたまま嬉しそうに返事しやがって……この変態め！　思いきり打ってやる！

バシィィィィン！

ビシィィィィッ！

バシィィィィッ……

都合十発ほどぶっ叩きました。なんだか負けた気がします。

「終了よ」

これ以上は私のメンタルがベコベコに凹みますわ！

「ありがとうございます！」

鞭を下ろすと同時にエリックがサッとやってきて、跪《ひざまず》き鞭を受け取る。

ちょっぴり遠い目で空を見る。あー……空はキレイねぇ……

「えーと、お疲れ様」

あぁ、うん、ルークいたよね。

「ありがとう。ヒナたちのところに行きましょう」

今大事なのはニャンコたちとヒナよ。

「そうだな」

私とルークのふたりで中央広場にいるヒナたちのところを目指して歩く。

どうやら今は、三匹と一羽で広場で戯れてるようです。

「その、さっきのはいつから？」

やっぱり気になるわよねぇ……

「そうね、エリックが一番の古株よ。私が七歳のときからかしら？　お母様がね……」

手がキュッと握られ、その手の温かさに救われる。

これで手が冷たくなってたら、緊張してると思って悲しくなるわ。

「夫人からか……納得だな」

納得？　納得なの？　本気で言ってるの？

「そうなの？」

「あの格好だからな、最初ガチ女王様キターッて思ったもんな」

あぁ……あの格好ね。確かにお母様のあの姿はね……

「そうね、私も昔のアニメに出てきそうって思ったわ」

全身ラバースーツだもんね……

「わかる！」

「えっ⁉　わかるんだ！」

前世のルークは私よりも若いと思ってたんだけど……

「まぁ、男でマンガ読む奴なら大抵は……」

ホントかな……？

「そっか、だよね。何て言うか……ロマンだよね」

大抵の男性はボディコンシャスな感じは好きだと思う。ボンキュッボンなさ……

「まぁ、ファンタジーな胸とかちょっと夢見るかな……」

ファンタジーな胸？

「私がチッパイだったらがっかりした？」

ピタッとルークが止まった。止まってどこか遠くを見て……

「がっかりはしないな。俺が好きになったのはエリーゼであって、胸じゃない」

よかった。でもなんで一瞬どこか遠くを見つめたの？　気になるじゃん。

「そっか……うん、ありがとう」

繋いだ手を一旦外して、指を絡めるように繋ぐ。私を見るルークの目が優しい。

でも、ポリポリと頬を掻いていて……どうかしたのかしら？

「ゴメン、今めちゃめちゃキスしたい」

今？　今は困るわよ！

「えーっと……ダメみたい」

だってあちこちの馬車や天幕の陰から見られてるんだもの。

ルークもチラチラッと見回して、ガックリと肩を落としてる。

「うん、だいたいわかった。……聞かなきゃよかった……」

「何か言った？」

「いや、気にしないでくれ」

ゴメン、聞こえてたけどスルーしとく。だって……その……恥ずかしいんだもん。それに聞かれなかったら、してたな……キス。

何て思ってたらですよ！　何アレ！　可愛い～！　タマ・トラジ・ノエルが輪になって踊っている真ん中で、ヒナがステップ踏んで羽根パタパタして踊ってる～！　お尻プリプリしてる！　揺れる尾羽可愛い～！

あ！　ヒナと目が合った！

「にゃっ！　主にゃ！」

「主にゃ！」

「ボクの主もきたにゃ～！」

「ピュピュ～イ！（主だ！）」

気がついた三匹と一羽が、全員こっちに来ました。ニャンコたちは両前足を上げてトタトタと走って。ヒナはニャンコたちの後を羽根をパタパタさせてトットットッ……と歩いてます。

多分一蹴りで私の前に来られるけど、ニャンコたちの後を付いて歩くことにしたのね……意外と上下関係厳しいのかしら？

「もう、ダイジョウブにゃ？」

「もう、へいきにゃ？」

「ピュイ～（ごめんなさい）」

タマとトラジとヒナが心配してくれてます。可愛くって気遣いできるとかサイコーです。

「どうしておいていったにゃ！　ひどい主にゃ！　ボクをほったらかしにしたにゃ！」

……うん、ノエルよ……なんで彼女的な発言なのだよ。聞いててドキドキするわ。

脳裏に浮かぶんだ、ワガママな女の子が彼氏に言ってる様子が……

「タマ、トラジ、心配かけてゴメンね。ヒナも謝る必要ないわよ」

とりあえず私はタマとトラジとヒナのフォローです。

「ノエル……なんで、その発言なんだよ……別にほったらかしたわけじゃないだろ。ヒナと遊んでいただろう」

え？　なんか、ルークがノエルを責めてる？

ヤダ、ノエルがガーン！　って顔になってるわよ。

「ヒドイにゃ……ボクのことほうっておいて主はヒドイにゃー！」

泣きましたよ……ノエル……それは禁断の手だぞ。見ろ！　ルークが……

「仕方ないな……ほら、ノエル。おいで」

陥落した！　ノエル強すぎじゃないの⁉

「うにゃ……主～！」

抱っこされましたよ、しかも何か胸元スンスン匂い嗅いでるし……嫌な予感しかしない……

ハッ！　て顔になったわよ。

「主……主のココ、ボクのニオイじゃないにゃ！　ナニしてたにゃ！　どうしてにゃ！」

ほらぁ～、ノエルが何か私の方とルークと交互に見てる～！　どうすんの？

「何もしてないし、ただエリーゼを介抱してただけだ」

ざわついてる……周りがざわついてます。ノエルめ……

「ほんとにゃ？」

「ほんとかにゃ？」

クイクイとタマとトラジに武装の裾を引っ張られてます。軽い溜息をつく。

「本当よ。気持ち悪くて、寄り掛かってたの」

しゃがんでタマとトラジの目線に合わせた。タマとトラジが私の周りをゆっくり回って匂いを嗅いでいく。フンフンしてる姿も可愛いけど、言わないでおこう。

「ほんとにゃ！　ちょっとしかニオイしないにゃ！」

「ほんと、ちょっとにゃ！　ノエル、主はウソついてないにゃ！」

ありがとタマ、トラジ。メッチャノエルに見られてますが、どんだけなのよ……

「しかたないにゃ……タマにゃとトラにゃをしんじるにゃ」

「ピュイ～ピュピュッ（ノエルのヤキモチはすごい！）」

ノエルには負けるわ……

「そうね。負けるわ」

「ヤキモチじゃないにゃ！　ちがうにゃ！」

アレでヤキモチじゃないとか……ノエルさん……

「いや、焼きもちにしか聞こえなかった」

ルーク、追い打ちかけないでよ。ほら、またノエルがガーン！　ってしてる。

「ちがうにゃ～！　ヤキモチじゃないにゃ～！」

ノエルが必死な顔で訴えてるじゃない。

「ヤキモチにゃ！」

ちょっ！　タマも追い打ちかけない！

「そうにゃ！　ヤキモチにゃ！」

トラジもよ！　ノエルが可哀想でしょ！

「ほら、皆焼きもちって言ってるぞ。諦めろ」

ルークはとどめを刺さない！

「…………愛されているわね、ルーク。そんな風にノエルを責めるもんじゃないわ。寂しかったのよね？　いくらヒナと遊んでいても、ルークがいなければ寂しいものね。ごめんね、ノエルの主借りてて」

ジワ……とノエルの目が潤む。あ……泣く……これは泣いちゃう……

「いいにゃ……でも主には、どこにいくかいってほしかったにゃ……」

えっ？　何も言ってなかったの？　それはダメ！　ダメよ、ルーク！

「うん、黙っていったならノエルの主はダメね。ルーク、黙ってきたの？」

確認です。黙ってきたなら注意です！

「ああ、遊んでたし、いいかと思って」

困った顔してもダメ！　全然よくないから。そんな言い訳ダメですからね！

「よくないから。これからは気をつけて。ノエルは貴方がテイムした子なのよ。私を心配してきてくれたのは嬉しかったけど、ノエルに心配させてまでは違うと思うわ」

うん。信頼してたとしても、一言断ってこないと後々ひびくから。

「ごめんな、寂しい思いさせて……」

ルークがサッとノエルに謝るのは育ちがいい証拠です。

これでごちゃごちゃ言い訳を並べないのが好感持てるよね。

ノエルがギュウ〜っとくっついて終わりです。ひとまず、これで収まってヤレヤレですが、お父様とお兄様たちがジリジリ来てます（笑）

「いいにゃ……」

うん、頑張れルーク！

「エリーゼ、ルークを少し借りてもいいかな？」

なぜでしょう。キャスバルお兄様の後ろに般若《はんにゃ》のお面が見えます。

「もちろんですわ、キャスバルお兄様。ですが、その前に一言。私、何もされませんでしたわ」

ルークの名誉と安全のためにも、ここは一言言っておかないとね！

お父様は無言で腕組んでるし、トールお兄様はちょっと目が据わってらっしゃる。キャスバルお兄様は黒い笑みでルークを見ている。

私を心配してくれたルークに少しでもプラスに働けばいいのだけど。

「そうか、でもねエリーゼ……問題はそこではないんだよ。だから借りるんだよ」

うーん……難しいなぁ……説得とか無理。これは祈るしかない。

「ルーク、私はルークの味方です。頑張ってください」

あちゃあ、といった顔しても、どうにもなりません。ガンバレ、ルーク！

「どうしたにゃ？　なんで主はこまったかおになってるにゃ？」

「ノエル、タマやトラジと少しの間一緒にいてくれるか？　ちょっとお話ししてくるから」

ルークが覚悟を決めた男の顔になってる！

「…………わかったにゃ、タマにゃとトラにゃといっしょにいるにゃ」

ノエルがトテテとタマとトラジのところに行く……しょんぼりしながら。

お父様もお兄様たちも心配が過ぎるのよ。困っちゃうわよね。

「困った人たちよね、エリーゼ」

お母様が仕方ないって顔で背後に立ってました。

「お母様！」

「前の婚約者と違って、心身健やかで私も気に入ってるのに、こんなつまらないことするなんて……ねぇ？」

お母様は少しだけ悪戯っ子みたいな顔で私を見る。

「本当ですわ、お母様。私、お父様とお兄様たちのせいで、仲良くできている婚約者様と仲違いするんじゃないかと不安ですわ」

つまらないことをするお父様とお兄様たちってテイで言ってみる。

「まぁぁ！　可哀想なエリーゼ！　私の可愛い一人娘がせっかくの婚約者殿に嫌われたらと思うと……」

お母様のフォローが素敵すぎます！

「ああ！　クソッ！　キャスバル！　トール！　俺たちの負けだ！」

お父様が本当に困ったお顔で叫んだ。さすがお母様！　としか言えない。

キャスバルお兄様もトールお兄様もヤレヤレと肩を竦《すく》めて、苦笑いしている。お父様がお兄様たちに命じたのね、ヒドイわ。まったくお父様ったら！

「あら、負けたのは貴方だけです、ハインリッヒ。キャスバルとトールではなくてよ」

お母様がお父様へと歩み寄っていく。

「そうですわよね、お母様。お母様、私とルークを助けてくださり、ありがとうございます。ノエル、ルークは行かないからルークと一緒にいていいのよ」

連れていかれなくてホッと息を吐く。

ヤキモチ焼きはノエルだけじゃなかった……本当、この先大丈夫かしら？

「ホントにゃ？　主、ホントにゃ？」

途端にホッとした顔のノエルがルークを見つめる。

「ああ、本当だよ。だから、おいで」

ルークもホッとした顔でノエルへと両手を伸ばす。

「主！」

うん、安定のバンザイスタイルでノエルが走っていったわ。

そしてお母様がお父様を連れて歩い……？　……侍女トリオ置いて歩いていったわ、アレクも置いて……えーと、おふたりで話し合われるのかしら？

「エリーゼ、父上のことは心配しなくていい。そのうち上機嫌で戻ってくる」

キャスバルお兄様？　どういうことですか？

「そうそう、ずっとアレクとばかりで母上に構ってもらってなかったから拗《す》ねていたんだよ」

トールお兄様まで。私にはよくわかりません！

えー！　アレクとずっと一緒だったのに？　お母様もって……

いや、そうか。私だってアニスばっかりじゃなくてルークといたいときがあるもの。お父様はお母様とふたりっきりになりたかったってこと？

「助かった……けど、不思議なものだな。エリーゼは理解できるのか？」

不思議そうに聞いてくるけどルーク、貴方だって私と婚姻するのだから側近を持つのよ。

「できるわよ。と言うか、ルークも側近を持つのよ。わかってる？」

ちょっと聞いておこうか？

「え？　俺も？」

そんなにびっくりした顔で言わないで欲しいわ。私の夫になったら男所帯で領地内を討伐の旅に出るのよ。それに私以外の相談できる相手が側近なんだから、いるに決まってるのにね。

「ほかはどうかわからないけど、うちの領は仕事が多岐にわたってるからひとりで職務を処理しきれないのよ。側近は人気職でもあるから、選ばれるだけでも一苦労らしいわ。給与はいいし福利厚生もすごく手厚いしね」

これは本当！　大変なんだから！

「なるほど、必要なのも、人気があるのも納得」

最後の給与・福利厚生で納得した！　わかりやすいけど！

しかも職場結婚率、滅茶苦茶高いしね！　年頃さえ合えばアニスといい縁が結べるかもしれないから真剣に選んで欲しいわ！

「さて、そろそろ向こうに行きましょう。晩ご飯の準備をしなくっちゃ」

いい感じの時間よ。多分、お兄様たちがたくさん狩ったと思うのよ。丸鳥を！　夜も丸鳥！　何、作ろう！


風が冷たいしなぁ……渓谷が近いからかな？　冷えはツラいなり。

体が温まる物がいいわね……ネギとショウガがあるし、白菜もある……丸鳥の水炊きにしよう。

〆にスープを使った雑炊《ぞうすい》が食べたい……スープの出汁《だし》に小っさい骨とか入れよう。白ネギの上の方とか、ショウガとかニンニクとか唐辛子とか……シッカリスープの福岡風水炊き！　決まったなら即行動！

……あれ？　丸鳥の血抜きと羽のむしりで追われてる？

私が見たのはまだまだ準備どころじゃない景色でした。

「これは……」

思わず料理長のところに行って聞いてみる。

「ああ、お嬢。旦那様や次期様が持ってきたんですが、到底追っつかなくて……」

うん。このままじゃ折角のお肉が傷んじゃう。

「なるほど、このまましまってもいいかしら？」

私の無限収納なら解体あっという間だからね！

「はぁ……」

料理長が、よくわからなさそうに返事をしたけど関係ないね！　じゃんじゃん収納だ！　片っ端から収納だ！　収納だ～♪　……途中のやつも収納します！

「お嬢、やってるやつまでですかい……」

だってその方が手早いと思うんだもん。

「うん、そう。面倒」

ナビさん！　今収納した丸鳥全部、解体アーンド部位分けよろしく！

〈了解…………………終了しました〉

ありがとう！　助かったよナビさん！

早《は》っや！

「よし、終わった。料理長、解体全部終わったから、晩ご飯作りましょう」

超ゴキゲンです！　収納しっぱなしなら傷まないし、いいこと尽《ず》くめです！

「ちょっと待ったぁ！　お嬢！　解体終わったってなんでですか！」

料理長ったら驚いてる！　驚いてる！　でも、驚くよね～！　私も驚いたもの。

「ん？　私の収納、超優秀。解体もやってくれる」

自慢です！　メチャクチャ自慢です！

「知らんかったです。言ってくれれば早々に頼みやした」

ウフフ～と笑いながら、料理長の肩をポンポンと叩く。

「ごめんね～言っとけばよかったね！」

「まったくですよ。で、何を作るんですかい？」

ホッとしたのか、ちょっと笑った料理長の顔が可愛く見える。

「丸鳥の水炊きという料理よ。ただ幾つか作り方があるのだけど、今回は私の食べたい作り方にするわ」

料理長に説明し、材料をすべて台の上にどんどん出す。

コンロの上の大鍋に丸鳥の中でも小さめの骨をザカザカ入れて、鶏ガラスープを入れる。そこにニンニクや唐辛子やショウガ、白ネギの青い部分も入れる。そんな大鍋を幾つか火に掛ける。料理長はじめ、料理人たちは丸鳥の肉を食べやすい大きさに切っている。

もちろん、野菜担当の料理人もいる。それらの具材は違う大鍋にどんどん入れられてる。

あ～！　材料の準備時点でお腹空く～！　今から炊くっていうのにね！

グッツグッツしだした出汁《だし》用の大鍋から、すんごくいい匂いがっ！

料理長が鍋とお玉を持って走っていきました！　アクを取ってます！　頑張れ料理長！　数人の料理人も行って、アク取りに参加してます。あのアクを取った後が大事なのよ！

たくさんの人がフラフラと近付いてきてます。期待しちゃうよね！

「よし！　こっちはかなりいいぞ！　そっちの鍋持ってこい！　ザルもだ！」

料理人がザル（よく見たらあった）を料理長に渡しました！　料理長はザルを片手に、ジャブジャブ出汁《だし》を具材入りの鍋に入れだした！　ザルの中が骨やら香味野菜でこんもり。別の料理人が鍋を持ってきてガラ入れにしてます。

具材入りの鍋に出汁《だし》が張られたのでガッコンと違うコンロにかけられました。そんな作業が着々と行われ、出汁《だし》用の大鍋からほとんどの出汁《だし》が具材入り鍋に移されました。

場所が空いたので、お米を炊きます。

うふふ～♪　雑炊《ぞうすい》用の具材を出して置きます。卵に青ネギ、エノキタケにショウガ♪　温まりそう！　鍋の〆は雑炊《ぞうすい》よね～！

それにしても、もち米っていつ収穫できるんだろう……

〈明日になります〉

おっ！　明日かぁ……お餅って島で作れるのかしら？　ドキドキ……

〈ロッジのレベルが上がったので作れます〉

じゃあ、田んぼ一面……いえ、二面分のもち米をお餅にしてちょうだい。

〈畏まりました。昼過ぎになると思うので、夜には食べれますよ〉

やった！　ありがとう！　明日にはお餅だぁ！

はっ！　今日はアンコ系はやめよう！　明日、善哉《ぜんざい》食べたい！　……今日はミカンにしとこう。

難しいのはなしでアッサリ行こう。

料理長がスープの味見をして、私にＯＫサインを出す。

「お嬢、かなり美味《うま》いですぜ！　さあ、最初はお嬢からですよ！」

料理長がそう言って、器に盛りに盛って渡してくれた。

ホカホカと立つ湯気、プリップリの丸鳥肉によく煮えた野菜。美味しそう……まずはスープ。

フゥフゥと息を吹きかけソッと一口………滋味溢れるってこのこと～？　美味し～い！　丸鳥肉の旨味と野菜の甘み出てる～！　これはいいわぁ～！

箸で白ネギを摘まんで、息を吹きかけておそるおそる口に運ぶ。トロっとしたネギ特有の甘みとトロみが口の中に入って……熱いけど美味しっ！　次は丸鳥のお肉……プリプリお肉を噛む……ジュッと肉汁が出て、ブチンとお肉が切れる。ヤバイ美味《うま》さ！

「美味《うま》ヒッ！　あふいけど、美味し～い！」

私の言葉で次々と手渡された水炊きを食べ出すお父様やお母様。お兄様たちも美味しそうに食べている。ルークもニャンコたちもハフハフしながらヒナと一緒に食べている。てかヒナ……それは共食いじゃないの？

「ヒナは野菜オンリーだって」

察してくれたルークが教えてくれました。

「ルーク！　そうなのね、ありがとう」

ショウガの辛味がアクセントになって、思ったより食べれちゃう。温まるし最高です！

あちこちから、おいし～って声が聞こえて気持ちがホコホコする。

領地に帰ったら、領民がいろんな料理を食べられるようになるかな？　なるはず！　美味しいって大事！　塩味だけとか、もう戻れません！

何回もおかわりしちゃった！　だって肉も野菜も美味しかったんだもの！　でも、〆の雑炊《ぞうすい》を食べたかったから少しセーブしました。

お雑炊《ぞうすい》も美味しかった！　フワフワ玉子のお雑炊《ぞうすい》！

ふふっ……お父様は満腹になった後でお雑炊《ぞうすい》出たから、スッゴい目で見てたけど「まだ入る！」って言って食べる姿はすごかったわ。

「エリーゼ、ほらミカン」

え？　ルークがつやっつやのミカンを差し出してます。

「ルーク、私結構お腹いっぱいなんだけど」

ルークはお腹を擦《さす》りながら片手にミカン二個を持って歩いてくる。

「俺も腹いっぱい。水炊きって言ってたから、ポン酢が出ると思ったら違ってて驚いた」

差し出されたミカンを受け取り、フニフニと揉む。甘くなるおまじない。

「あ~水炊きって水で炊くパターンと、ちゃんとしたお出汁《だし》で炊くパターンがあるよね。今日はお出汁《だし》で食べたかったの。骨もあるし、たまにはいいかなって」

福岡風って前世の私の地域ではマイナーだったのよね。

「そう言えば、いつもは鍋と言えばガラの実だったたな。コクも旨味もいつもと違って強くて美味しかった」

「本当。お父様がね、前に美味しい肉が獲れる場所があるって言っていて……ここだったみたい。普通の鶏肉とは違うわよね。卵の大きさも違うし……そう言えば、丸鳥の卵食べていないね。明日の朝スクランブルエッグにしてもらおうか?」

ダチョウの卵より少し大きいサイズの卵だけど気になる……

「豪華なスクランブルエッグになりそうだな。楽しみだけど、塩コショウないんだよな。ケチャップも……あったりするのか?」

塩コショウ派だったのかしら?

「んー? コショウがないのよね。あれって亜熱帯の植物だっけ? ケチャップはないけど、トマトソースを作ってみようかしら?」

うん、トマトはあるしね! やってやれないことはないと思うけど、ちょっと物足りなくなるかも？

「美味《うま》そうだな。エリーゼが料理上手で太りそう」

やだ。ルークったら（笑）

「太らないように頑張って」

少し戯《おど》けた顔で私も一緒になって笑う。

「ねぇ、ルーク。明日の夜、お餅が出るって言ったらどうする？」

どんな顔になるかな？

「本当か……餅……お餅…………」

感極まったようです。男泣きしてます。お餅。こっちの世界にはないもんね。

「でね、明日の夜に善哉《ぜんざい》を作ろうと思って。違うのがよかった？」

「いい……お餅ならなんでもいい、嬉しいなぁ……こっちで食べられるなんて思いもよらなかった。

ありがとう、エリーゼ……」

お礼なんていいのに。だって私が食べたかったんだもん。でもルークも食べたかったってわかってよかった。

磯辺にあんころ、餅天に甘ダレも美味しい。お雑煮だって食べたい！　きな粉もいいし……力うどんもいい。明日、初お披露目だから善哉《ぜんざい》たくさん炊いちゃおう！　お母様、どんな顔するかしら？

それに米粉作ったら、フォーとか生春巻きとか作れるんだっけ？　白玉って米粉から作れるんだったかしら？　白玉は白玉粉で作ってたからわからないわ。

あぁ、米粉パンってのがあったわね……作ったことないけど、料理長に任せたらできるかしら？　ん？　待てよ……普通のお米の粉が米粉？　もち米は違う名称？

これは……これは検証すべきヤツ！　いろいろ試そう！　あっ、明日にはここから出発だっけ？　もう一日延ばしてもらいたい！　ならば、お父様に即相談！

「ごめんルーク！　ちょっとお父様のところに行ってくる！」

走ってお父様のところに行く。お母様とイチャイチャしてるけど、割り込みます！

「お父様、明日もう一日、こちらで野営してくださいませんか？」

お母様と楽しく食べてるけど、キニシナイ！

「ふむ……エリーゼ、何か理由があるのかい」

お父様はどことなく面白そうな顔で私を見てます。ならば言うしかない！

「明日、新しい加工品を食べようと思いますが、ここでゆっくり取り組みたいと思っております」

マジです！　なのでお父様折れてください。

「いいだろう。楽しみにしている」

お父様はツカツカと中央に行きました。

「皆の者に伝えることがある！　明日もう一日、ここで野営することとする。異論がある者は言ってくれ！」

——ウオオオオオォォォォ！——

なぜか大歓声です。チラッとマップを見ると、まだまだ丸鳥がかなりの数確認できました。

今日の水炊きだけではなく、違う丸鳥料理が食べたいのでしょうか？　ならば頑張るしかない！

もも肉とか焼いちゃおっかな～♪　いろいろトライしてもいい！

「うむ、異論はないと見た。では明日もここで野営だ」

――ウオオオオォォォォ！――

お父様は満足そうな笑顔で戻ってきました。もちろんお母様もニッコリしてます。

「エリーゼ、明日が楽しみだ」

楽しみは私もです。お父様！

「はい、お父様。楽しみにしてください」

私はお父様とお母様に一礼して、ルークの元へと小走りで戻った。


馬車の扉前です。夜です。今、問題が発生しました。

「主！　ヒナもいっしょがいいにゃ！」

「そうにゃ！　いっしょにねるにゃ！」

タマとトラジが頑張ってヒナにくっついてます。

「エリーゼ様、ヒナちゃんが入れません」

アニスが凹んだ顔でタマ・トラジ・ヒナを順に見ています。

タマとトラジはヒナと寝たい、アニスはヒナが馬車の扉を通り抜けれないと報告。

ヒナを寝かすにはちょっと狭いのよね。困った……

八丈島に送ろうかと思ったら、ニャンコたちは一緒に寝たいとか言い出して……

どうしてくれよう……そんなに仲良くなったの？

「ヒナ、ヒナが大きくて、馬車に入れないのよ」

一応、伝える…………あ、タマとトラジの目がウルウルしてきた。これはノエルでよく見た、泣きそうなときの目だ。

「そんにゃ……にゃかまにゃ……」

「そうにゃ……ひにゃだけそとにゃ？」

あ～タマが瞬きしたらポロッと涙が落ちたよ……トラジも堪えられなくてポロンポロン涙を落としてる。心が痛む……

参った……ノエルみたいに大声で泣いてアピールするのと違って、これは結構クる……

「ひにゃ……」

「主……」

うん……小っちゃくなれればな……魔法で小さくできるかしら？　サイズ変化できちゃう？

「ヒナ、もし私が魔法で小さくして、元の大きさに戻れなくなったら後悔する？」

「ピュ？　ピュピュピュ～イピュピュッ！（え？　後悔しないよ！）」

頭だけを馬車に突っ込んでいたヒナは、即答でした。うん、ならトライだ！

「わかった」

今の半分の大きさなら入れるかな？　キョトンと私を見てるタマとトラジは瞬きもしません。

「……ヒナ、半分の大きさにな～れ♪」

唱えてピッと指先をヒナに向けました。キラキラと光の粒がヒナに纏《まと》わり付き、ヒナのサイズが約半分になりました。本当にできたわ……

「スゴイにゃ！」

「ホントにゃ！」

「ピュピュ～イ！（小っちゃくなった！）」

タマとトラジはもちろん、ヒナまで喜んでます。

「さすがです！　エリーゼ様！　これならヒナちゃん入ります！」

アニスも嬉しそうですね。私も嬉しいです。

「そうね。ヒナ、馬車の中に入ってらっしゃい。ゆっくりね」

そろ～りと入ってきたヒナは馬車の床にゆっくりと体を下ろし蹲《うずくま》る。フリフリとお尻を振ってから長い首を羽根へとまわした。

「よかったにゃ！」

「やったにゃ！」

タマとトラジはヒナにくっつき、ヒナは頭を起こし羽根をワサワサと動かす。タマとトラジは嬉しそうに片方ずつの羽根の中に潜り込む。

……ヒナの体に埋まってるようにしか見えないタマとトラジ。そこにヒナが頭をそろそろと伸ばして、邪魔にならない場所に頭を置いて目を閉じる。正直に言おう！　黄色い物体にタマとトラジの首が生えてます！

「可愛いですね」

うん、アニスよ。私もそう思う。写メりたいほどだよ！

「そうね、この大きさだと乗ることはできなくても可愛いからいいと思うわ。さて、私たちも寝ましょう」

さすがに疲れました。何かイベント多くて……

「はい」

アニスは扉を閉め内鍵を掛け、窓に目隠しの布をサッサと掛けていく。私はいつもより広くなった敷毛皮の上にゴロリと横になる。タマとトラジがいないだけでこんなに広く感じるなんてね……

「失礼いたします」

アニスは敷毛皮の上に上がってくると、私に毛布を掛けてスルリと毛布に潜り込んできた。

「灯り、落としますね」

薄暗いオレンジの灯りに変わる。外気が入ったことで馬車内は少し肌寒い。アニスを抱き寄せ温まる。武装が覆っているところは温かいけれど、覆ってない場所はやはり少し冷える。

私とアニスの武装は同じデザインのため、やはり冷える箇所は同じで……温め合うように互いの体を密着させる。

新しくテイムしたヒナの可愛さに皆メロメロだったな……最初は凶暴な性格というので目の敵《かたき》にしてたのに……

でも半分サイズになったヒナのメチャ可愛さはいい……すごくいい！

まだまだ旅路は続くし、領地の邸《やしき》に着くまで日数はかかるし、こんな風に過ごすのって初めてで楽しい。

ずっと毎日が大変だったもの。それにタマもトラジもいて、そこにヒナが加わって賑やかで……今がすごく幸せ。もちろんルークがいるからこそ、うんと幸せだと感じるのかも……

領地に帰っても、こんな風に料理したりタマやトラジやヒナと過ごせるのかな？　過ごせるよね！　だって私の大切な仲間だもの。

うんと美味しいもの食べて、家族と仲間に囲まれて、好きな人と一緒になる。

旅立つ前はやりたいことは少しだけだった。

でも、この旅の途中でやりたいことがどんどん増えてきた。

飯テロだって作ってお終《しま》いじゃない。材料となるものの生産や流通などを考えたら、それはただの飯テロじゃない。内政に関わることになる。

すでにキャスバルお兄様には目を付けられている。お兄様は次期領主だ。当然、農作物のことだから視野に入れている。

お母様が喜ぶ甘味も、この世界なら高級嗜好品になるのでしょう。思いつくまま作ってますけど……

でも原材料のテンサイだってたくさん作って砂糖として領内に広めれば、甘味だけじゃなく、料理にだって使えるし……

これだけでも飯テロと内政チートかましてると思うのだけど……あー！　でも、やっぱりお料理ももっとやりたい！　領地に帰ったら牛乳をなんとしてでも手に入れたい！

やっぱ乳製品欲しいんで！

「エリーゼ様？」

しまった！　アニスが不思議そうな顔で私を見てる。私……最近めっきり考えていることを顔に出してるからなぁ……うっかりだよ。

とりあえずアニスの頭を撫でてなんでもないアピールをしておく。

「お休み、アニス」

「はい、お休みなさいませエリーゼ様」

納得したのか、ヘラリと笑った顔で挨拶をしてきた。

じんわりと温まってきてる……今日も頑張った……ヒナが小さくなる魔法………よかっ……た………………

A L P H A P O L I S W E B M A N G A
アルファポリス WEB 漫画！
他にも面白いコミック、小説など
Webコンテンツが盛り沢山！
無料で
読み放題！
今すぐアクセス！▶
アルファポリス WEB 漫画
検索

新＊感＊覚　ファンタジー！

# レジーナブックス Regina

レジーナブックス Regina

**身代わり令嬢の、運命の恋**

## 交換された花嫁

秘《ひ》翠《すい》ミツキ
イラスト：カヤマ影人

「お姉さんなんだから、我慢なさい」公爵令嬢アルレットは、両親に幾度となくそう言われてきた。そんなある日、彼女は我儘な妹に「お姉様と私の婚約者を交換しましょう？」と、常識外れのお願いをされる。仕方なく、アルレットは冷酷だという第二王子のもとへ嫁ぐことに。きっと、自分は一生愛されることはないのだ——。そう思っていた彼女だったけれど、身代わりの結婚生活は予想外のもので……？

詳しくは公式サイトにてご確認ください。
https://www.regina-books.com/

携帯サイトはこちらから！

新＊感＊覚ファンタジー！

# レジーナブックス Regina

**愛されすぎて**
**絶体絶命!?**

## 断罪された悪役令嬢は頑張るよりも逃げ出したい

**東原《つかはら》ミヤコ**
**イラスト：薔薇缶**

婚約者を奪った聖女に嫉妬し、害しようとした罪で処刑された公爵令嬢アリシア。死んだはずの彼女はなぜか再び自分に転生し、同じ人生を繰り返していた。もう処刑なんてまっぴらだし、浮気者の婚約者なんて願い下げとばかりに逃げ出そうとするものの、婚約者である王子レイスはなぜかアリシアを逃がしてくれず、それどころか溺愛しはじめて……

詳しくは公式サイトにてご確認ください。
https://www.regina-books.com/

携帯サイトはこちらから！

RC
Regina COMICS
最後にひとつだけお願いしてもよろしいでしょうか
1~3
原作 鳳ナナ
漫画 ほおのきソラ
シリーズ累計28万部(電子含む)
待望のコミカライズ!
舞踏会の最中に、第二王子カイルから、いきなり婚約破棄を告げられたスカーレット。さらには、あらぬ罪を着せられて〝悪役令嬢〟呼ばわりされ、大勢の貴族達から糾弾される羽目に。今までずっと我慢してきたけれど、おバカなカイルに付き合うのは、もう限界! アタマに来たスカーレットは、あるお願いを口にする。――『最後に、貴方達をブッ飛ばしてもよろしいですか?』
アルファポリスWebサイトにて
好評連載中!
大好評発売中!
アルファポリス 漫画
検索
B6判/各定価:本体680円+税

この作品に対する皆様のご意見・ご感想をお待ちしております。

おハガキ・お手紙は以下の宛先にお送りください。

【宛先】

〒150-6008 東京都渋谷区恵比寿4-20-3 恵比寿ｶﾞｰﾃﾞﾝﾌﾟﾚｲｽﾀﾜｰ 8F
（株）アルファポリス　書籍感想係

メールフォームでのご意見・ご感想は右のＱＲコードから、
あるいは以下のワードで検索をかけてください。

アルファポリス　書籍の感想　検索

ご感想はこちらから

本書は、「アルファポリス」（https://www.alphapolis.co.jp/）に掲載されていたものを、改稿、加筆のうえ、書籍化したものです。


婚約《こんやく》破《は》棄《き》されまして（笑）3

竹本芳生（たけもとよしき）

2021年 3月 31日初版発行

編集－桐田千帆・篠木歩
編集長－塙綾子
発行者－梶本雄介
発行所－株式会社アルファポリス
〒150-6008 東京都渋谷区恵比寿4-20-3 恵比寿ｶﾞｰﾃﾞﾝﾌﾟﾚｲｽﾀﾜｰ8F
TEL 03-6277-1601（営業）03-6277-1602（編集）
URL https://www.alphapolis.co.jp/
発売元－株式会社星雲社（共同出版社・流通責任出版社）
〒112-0005 東京都文京区水道1-3-30
TEL 03-3868-3275
装丁・本文イラスト－封宝
装丁デザイン－AFTERGLOW
（レーベルフォーマットデザイン—ansyyqdesign）
印刷－図書印刷株式会社

価格はカバーに表示されてあります。

落丁乱丁の場合はアルファポリスまでご連絡ください。

送料は小社負担でお取り替えします。


©Yoshiki Takemoto 2021.Printed in Japan


ISBN978-4-434-28682-7 C0093